ビギナーズ・クラシックス 中国の古典

孟子

佐野大介

角川文庫
19006

はじめに

「五十歩百歩《ごじっぽひゃっぽ》」という言葉があります。その出典となる文章が中学校や高校の漢文の教科書に採られることも多く、日本で最もよく知られた故事成語の一つといえます。しかしこの言葉が、もともと何の本に載っていた誰の言葉なのかとなると、即座に答えられる人はそう多くはないのではないでしょうか。そう、この言葉の出典は『孟子《もうし》』であり、その著者である孟子こそ、この言葉を生み出したその人です。

儒教は「孔孟の道」とも呼ばれ、また孟子には「亜聖《あせい》」という呼び名があります。「亜聖」とは、「聖人に次《つ》ぐ人物」という意味で、孟子が儒家として、聖人たる孔子に次ぐ人物であると考えられていたことを示しています。『孟子』は『論語《ろんご》』と並ぶ儒教の中心経典なのです。

中国のみならず東アジア全体において、長く儒教は、強い思想的・社会的な影響力を有してきました。『孟子』には、その儒教のエッセンスがつまっているといえるでしょう。『孟子』の魅力はどこにあるのでしょうか。まず第一はその思想性です。性善説《せいぜんせつ》・四端《したん》説《せつ》といった人間論や、王道論《おうどうろん》・井田制《せいでんせい》といった政治論、また各所に現れた歴史観など、『孟子』に説かれる哲学・思想は人々を魅了してやみません。次に、その文章の弁論としての面白さが挙げられます。『孟子』の各章は、多く諸侯との対話や他の思想家との議論で構成されています。孟子がその巧みな弁論術で鮮やかに相手をやり込め納得させる様子は、読んでいて爽快感を覚えるものです。

さらに孟子は、道徳が荒廃し各国の争いが絶えず、民が窮乏する当時の社会を、なんとかして民衆が安心して暮せる社会へと変革することを強く希求していました。『孟子』を読むと、その思いが全篇にわたって溢れているのが感じられます。この孟子の「思い」もまた、『孟子』の大きな魅力だといえるでしょう。

本書には、思想的に重要な章・現代的意義の大きい章・内容の興味深い章・弁論の優れた章など、五十一章を選んで収録してあります。

本書をお読みになって、みなさんに『孟子』や漢文により興味を持って頂けたら、喜びこれに優《まさ》るものはありません。

平成二十六年十一月

佐野大介

目次

14　尽心《じんしん》下

写真提供・湯浅邦弘
図版制作・村松明夫

『孟子』解説

一、孟子の生涯

孟子《もうし》は、姓は孟《もう》、名は軻《か》、鄒《すう》という小国に生まれました。鄒《すう》は現在の山東省《さんとうしょう》の鄒城《すうじょう》市あたりで、孔子《こうし》の郷里である魯国《ろこく》にほど近いところにありました。字《あざな》は子輿《しよ》、または子《し》車《しゃ》・子居《しきょ》ともいわれますが、いずれも後代《こうだい》の説ではっきりしません。孟子の「子」は、孔子・老子《ろうし》などの「子」と同じく「先生」という意味です。

生没年《せいぼつねん》に関しては、明代に成立した『孟子譜《もうしふ》』に依《よ》って、周《しゅう》の烈王《れつおう》四年（前三七二）に生まれ、赧王《たんおう》二六年（前二八九）に八十四歳で死亡したとされることがありますが、孟子当時の伝記資料は残されておらず、正確なところは分かりません。ただ、『孟子《もうし》』には孟子と諸侯《しょこう》らとの対話が多数記録されており、その相手（梁《りょう》〈魏《ぎ》〉の恵王《けいおう》・斉《せい》の宣《せん》王《おう》など）の在位期間や『孟子』の載《の》す歴史的事件（燕《えん》の禅譲《ぜんじょう》事件など）などから考えて、孟子が遊説《ゆうぜい》していた時期は、前四世紀の後半あたりであっただろうと考えられます。なお、孔子が逝去《せいきょ》したのは紀元前四七九年とされ、孟子自身が、「孔子より今まで、百年あまり」（尽心《じんしん》下）と語っています。

孟子の幼少期の頃のことも記録がなくはっきりしません。「孟母《もうぼ》三遷《さんせん》」「孟母《もうぼ》断機《だんき》」などの母親による教育のエピソードが伝わっているだけです。

成長した孟子は、孔子の孫の子思《しし》の門人に孔子の道を学んだといいます。『史記《しき》』の孟子荀卿列伝《もうしじゅんけいれつでん》に記されているほか、『荀子《じゅんし》』非十二子《ひじゅうにし》篇に、「子思孟軻《ししもうか》」とセットで取り扱われているところからも、孟子が子思系統の思想を学んだのは確かなところでしょう。『孟子』に、「私は孔子の門人となることはできなかったが、孔子の遺徳《いとく》を伝える人について間接的に学んで、ひそかに自分の身を善くすることができている」（離婁《りろう》下）とあるのは、このことを示したものでしょう。恐らく、若いころ鄒《すう》から魯《ろ》へ遊学したものと考えられます。

壮年期に入った孟子は、遊説活動を開始します。これは、各国を巡《めぐ》って諸侯に自分の信じる王道政治《おうどうせいじ》について説くというものでした。遊説先の順序は、『孟子』の記述と『史記』の記述とでは違いがあるのですが、ここでは『孟子』の記述に従って解説します。

孟子が先《ま》ず王道を説く相手として選んだのが梁（魏）の恵王でした。ここで孟子は、恵王に対して、仁義に基く王道政治について語ります。しかし、当時の諸侯が求めているのは、富国強兵《ふこくきょうへい》・殖産興業《しょくさんこうぎょう》といった実際の政治的・経済的な利益でした。孟子は、恵王が王道政治を行なえば、その仁徳《じんとく》を慕《した》って民が集まって来て結果的に国のためになると説きましたが、その施策《しさく》は、恵王には「迂遠《うえん》にして事情《じじょう》に闊《うと》し（迂遠で実際の事情に疎い）」（『史記』孟子荀卿列伝）と感じられました。前三一九年に恵王が死去し、息子の襄王《じょうおう》がその後を継ぎますが、孟子はその人格に満足できなかったらしく、梁を去って斉《せい》に行きます。

孟子像（鄒城 孟廟）

　斉では、宣王《せんおう》に迎えられます。斉は戦国七雄《せんごくしちゆう》の中でも大国で、斉の都である臨淄《りんし》は人口五十万人以上といわれる大都市でした。宣王はその国力を背景に大胆な文化政策を実行し、各国から好待遇で学者や思想家を臨淄に集めていました。孟子も客卿《かっけい》（他国出身者で大臣待遇のもの）として待遇され、斉の政治に助言しました。梁恵王《りょうけいおう》篇には、多くの宣王との対話が収録されています。

前三一六年から翌年にかけて、斉の隣国である燕《えん》で内乱が起きました。燕王噲《えんおうかい》が堯《ぎょう》舜《しゅん》の禅譲説話《ぜんじょうせつわ》にかぶれて、宰相の子之《しし》に王位を譲ろうとしたため、太子がそれに反対して内乱となったのです。宣王はこの内乱に乗じて燕を攻め、占領しました。孟子は当初燕を攻めるのに賛成しましたが、占領に関しては否定的でした。結局占領政策は失敗に終り、斉は各国から攻められることになります。燕への侵攻に賛成したことや、占領政策に関する宣王との意見の不一致などが、孟子の立場を悪くしたらしく、この後孟子は斉を去っています。

それから孟子は宋《そう》や薛《せつ》を経て、一旦鄒《すう》に戻ります。その後、滕《とう》の文公《ぶんこう》に招かれ、滕に行きます。滕は梁や斉に比べるとごく小さな国でしたが、小さいからこそ政治改革がやりやすいと考えたのか、孟子は抜本的な土地改革である井田制《せいでんせい》をこの滕国《とうこく》で実施しようとします。井田制の実施は、土地の所有制度から、税制、学校教育といった国家の基《き》幹《かん》に関わる大改革です。しかしこれは多分に理念的な制度で、現実問題として実行は甚だ困難なものでした。宋で実施を提言した際にも、宋の大夫に即時の施行は不可能だと言われています。

その後孟子は滕を去り、魯《ろ》国《こく》にいた高弟楽正子《がくせいし》の仲介で魯の平公《へいこう》に面会しようとしましたが、平公の側近に阻《はば》まれ面会は叶《かな》いませんでした。

櫺星門《れいせいもん》（鄒城　孟廟）

晩年の孟子は、故郷の鄒に帰って弟子の教育に専念したものと考えられます。『孟子』の中に、君子の楽しみとして、「天下の英才を弟子として教育を施すこと」が挙げられています。孔子も各国を巡る時期がありましたが、晩年は魯に戻って弟子の教育と文献の整理に打《う》ち込《こ》んだといいます。共に理想とする政治に熱心に取組み、ある意味で理想を果たせなかった二人が、最後に心を尽くしたのが、弟子を教育し自分の思想を伝えることだったのでしょう。

二、『孟子』七篇

『孟子《もうし》』の成立についても、詳細は分かりません。『史記《しき》』に、「隠退後万章《ばんしょう》らと『孟子』七篇を作った」（孟子荀卿列伝《もうしじゅんけいれつでん》）とあり、後漢《ごかん》に『孟子』に注釈をつけた趙岐《ちょうき》が、「晩年に隠退した後、高弟である公孫丑《こうそんちゅう》・万章《ばんしょう》などと議論しつつ、また自分で手本となる言葉を編集して『孟子』七篇を編集した」（孟子《もうし》題辞《だいじ》）と記しています。ただ、孟子没後に死去したと考えられる梁《りょう》の襄王《じょうおう》や滕《とう》の文公《ぶんこう》が諡《おくりな》（死後に贈られる名前）で記されていたり、孟子の弟子である楽正子《がくせいし》・公都子《こうとし》などに先生を表す「子」が用いられていることなどから、現在では、孟子の没後に弟子達によって編纂《へんさん》された部分も多いのではないかと考えられています。

現在我々が見ている『孟子』は、梁恵王《りょうけいおう》篇・公孫丑篇・滕文公《とうぶんこう》篇・離婁《りろう》篇・万章篇・告子《こくし》篇・尽心《じんしん》篇の七篇をそれぞれ上下に分け、全十四篇となっています。『孟子』七篇の篇名は、各篇の冒頭の語をそのまま篇名として用いたもので、『論語《ろんご》』の篇名の付け方と同じです。従って、特に篇名に意味が込められているわけではありませんが、各篇にはそれぞれ編集方針らしきものが見られます。

梁恵王篇は、梁の恵王から始まる孟子と諸侯との対話が中心です。これは、孟子が各国に遊説した順序に従って諸侯との対話を配列したものと考えられています。公孫丑篇は孟子が斉に滞在していた頃の問答や孟子の言葉を中心に集めており、滕文公篇は前半は滕の文公との対話が多く、後半はさまざまな思想家たちとの問答や対話となっています。このように、前半三篇には行なわれた時期が分かる対話や孟子の言葉を、基本的に時系列《じけいれつ》に沿って配列しようという意識が感じられます。

これに対して後半四篇は、行なわれた時期が分からない問答や言葉が多くを占めます。万章篇は、古代の聖天子や聖人・賢人の事蹟《じせき》や評価に関する話題が多く、告子篇は、告子らとの人の本性《ほんせい》に関する議論が多く集められています。残りの離婁篇・尽心篇は短い孟子の言葉を集めたもので、特にテーマは見られません。

『孟子』はもともと経書《けいしょ》ではなく諸子《しょし》とされていましたが、唐代に到《いた》り、柳宗元《りゅうそうげん》や韓愈《かんゆ》によって重んじられるようになりました。さらに北宋代、王安石《おうあんせき》が『孟子』を重んじたのに対し、司馬光《しばこう》らは『孟子』に対して論難を加えるといったことがあり、南宋になって、朱子《しゅし》が『孟子』を『大学《だいがく》』『中庸《ちゅうよう》』『論語』と並べて重んじ、後にこれらを四書《ししょ》と呼ぶようになりました。明清代には、科挙《かきょ》の科目ともなり、朱子学《しゅしがく》の発展に伴って、『孟子』はますます広く尊崇されるようになりました。

日本には奈良時代頃に伝わったと考えられています。当初は主に一部の貴族や禅僧などによって読まれていましたが、江戸時代に至り、朱子学が幕府によって官許《かんきょ》の学《がく》とされてから一般にも広く読まれるようになりました。

三、参考書（現在入手しやすいもののみ挙げた）

◆全訳書

『孟子』（新釈漢文大系4、内野熊一郎、明治書院、一九六二年）
『孟子』上下（小林勝人、岩波書店、上巻一九六八年、下巻一九七二年）
『大学 中庸 孟子』（世界古典文学全集18、金谷治・湯浅幸孫訳者代表、筑摩書房、一九七一年）
『孟子』上下（中国古典選8、金谷治、朝日新聞出版社、一九七八年）

◆抄訳書

『孔子 孟子』（世界の名著3、貝塚茂樹責任編集、中央公論社、一九六六年）

『孟子』（中国の思想3、今里禎、徳間書店、一九六四年）

『孔子 孟子』（中公バックス、世界の名著3、貝塚茂樹責任編集、中央公論社、一九七八年）

『孟子』（人類の知的遺産9、貝塚茂樹、講談社、一九八五年）

『孟子・墨子』（鑑賞中国の古典3、島森哲男・浅野裕一、角川書店、一九八九年）

◆解説書

『孟子』（金谷治、岩波書店、一九六六年）

『孟子』（中国古典新書、渡邊卓、明徳出版社、一九七一年）

『講孟箚記』上下（吉田松陰著、近藤啓吾訳注、講談社、上巻一九七九年、下巻一九八〇年）

『孟子』（人と思想37、加賀栄治、清水書院、一九八〇年）

1　梁恵王《りようけいおう》上

全七章。梁恵王《りようけいおう》篇は、遊説中《ゆうぜいちゆう》の諸侯《しよこう》との対話が時系列《じけいれつ》に沿《そ》って配列されています。上篇には、最初の遊説先《ゆうぜいさき》であった梁《りよう》の恵王《けいおう》との対話が五章、その子襄王《じようおう》との対話が一章、さらに次の遊説先である斉《せい》の宣王《せんおう》との対話が一章収められています。内容は、多くが王道政治《おうどうせいじ》について述べたものです。

大切《たいせつ》なのは仁義《じんぎ》のみ（第1章）

孟子《もうし》梁《りよう》の恵王《けいおう》に見《まみ》ゆ。王曰《おういわ》く、叟千里《そうせんり》を遠《とお》しとせずして来《き》たる。亦将《またまさ》に以《もつ》て吾《わ》が国《くに》を利《り》する有《あ》らんとするか、と。孟子《もうし》対《こた》えて曰《いわ》く、王何《おうなん》ぞ必《かなら》ずしも利《り》と曰《いわ》ん。亦仁義《またじんぎ》有《あ》るのみ。王《おう》は何《なに》を以《もつ》て吾《わ》が国《くに》を利《り》せんと曰《い》い、大夫《たいふ》は何《なに》を以《もっ》て吾《わ》が家《いえ》を利《り》せんと曰《い》い、士《し》庶人《しょじん》は何《なに》を以《もっ》て吾《わ》が身《み》を利《り》せんと曰《い》い、上下交《しょうかこも》ごも利《り》を征《と》れば、国危《くにあやう》し。万乗《ばんじょう》の国《くに》、其《そ》の君《くん》を弑《しい》する者《もの》は、必《かなら》ず千乗《せんじょう》の家《いえ》なり。千乗《せんじょう》の国《くに》、其《そ》の君《くん》を弑《しい》する者《もの》は、必《かなら》ず百乗《ひゃくじょう》の家《いえ》なり。万《まん》に千《せん》を取《と》り、千《せん》に百《ひゃく》を取《と》るは、多《おお》からずと為《な》さず。苟《いやしく》も義《ぎ》を後《あと》にして利《り》を先《さき》にするを為《な》せば、奪《うば》わずんば饜《あ》かず。未《いま》だ仁《じん》にして其《そ》の親《おや》を遺《す》つる者《もの》は有《あ》らざるなり。未《いま》だ義《ぎ》にして其《そ》の君《くん》を後《あと》にする者《もの》は有《あ》らざるなり。王《おう》も亦《また》仁義《じんぎ》と曰《いわ》んのみ。何《なん》ぞ必《かなら》ずしも利《り》と曰《いわ》ん、と。

◆孟子見二梁恵王一。王曰、叟不レ遠二千里一而来。亦将レ有三以利二吾国一乎。孟子対曰、王何必曰レ利。亦有二仁義一而已矣。王曰三何以利二吾国一、大夫曰三何以利二吾家一、士庶人曰三何以利二吾身一、上下交征レ利、而国危矣。万乗之国、弑二其君一者、必千乗之家。千乗之国、弑二其君一者、必百乗之家。万取レ千焉、千取レ百焉、不レ為レ不レ多矣。苟為二後レ義而先一レ利、不レ奪不レ饜。未レ有下仁而遺二其親一者上也。未レ有下義而後二其君一者上也。王亦曰二仁義一而已矣。何必曰レ利。

孟子《もうし》が梁《りよう》の恵王《けいおう》に謁見《えつけん》した際、王が言った。「先生、千里の道を遠しとせずに来てくださったのは、わが国に利益を与《あた》えてくださるためでしょうか」。

孟子は答えた。「王よ、どうして利益などと仰《おお》せになるのですか。なすべきことは仁義《じんぎ》だけです。国王はどうやって自分の国に利益をもたらそうかと言い、大《たい》夫《ふ》はどうやって自分の家に利益をもたらそうかと言い、士《し》や庶民はどうやって自分の身に利益をもたらそうかと言って、上も下もがそれぞれ利益ばかり求めたなら、国は危《あや》うくなるでしょう。

一万台の戦車を保有する大国で、その主君を殺すのは、必ず千台の戦車を保有している大夫の家でしょう。千台の戦車を保有する小国で、その主君を殺すのは、必ず百台の戦車を保有している大夫の家でしょう。一万台の戦車を保有する国で大夫が千台の戦車を保有し、千台の戦車を保有する国で大夫が百台の戦車を保有する、これは決して多くないとはいえません。しかし、もし義理《ぎり》を軽《かろ》んじて利益を重んじるのであれば、さらなる利益を奪いとらねば満足できなくなるでしょう。仁愛《じんあい》の心《こころ》あるもので親を棄てるものはおりません。義理を実行するもので主君を第一に考えないものはおりません。王もただ仁義《じんぎ》のみをお考えになればよいのです。どうして利益のことなど仰せになる必要がありましょうか」。

❖ ❖ ❖ ❖

『孟子《もうし》』の最初の章にして、孟子の王道政治思想の眼目《がんもく》を示したものです。孟子が生きたのは戦国時代中期、割拠《かっきょ》する国々が互いに覇《は》を競《きそ》い、戦争に明けくれる時代でした。孟子は、天下を巡《めぐ》って各国の君主（諸侯《しょこう》）たちに自分の信念を説いた遊説家《ゆうぜいか》として知られています。

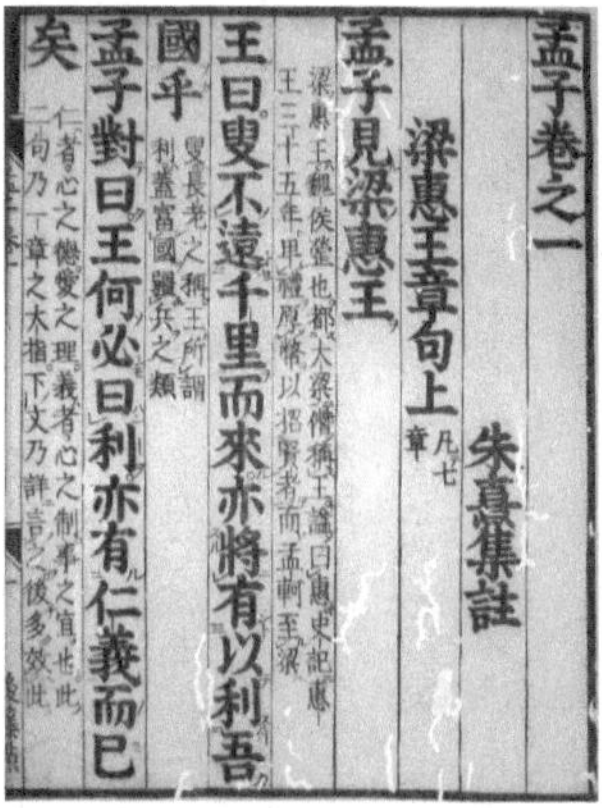
孟子卷之一
梁惠王章句上 凡七章
朱熹集註
孟子見梁惠王
梁惠王魏侯罃也都大梁僭稱王謚曰惠史記惠王三十五年卑禮厚幣以招賢者而孟軻至梁
王曰叟不遠千里而來亦將有以利吾國乎
叟長老之稱王所謂利蓋富國彊兵之類
孟子對曰王何必曰利亦有仁義而已矣
仁者心之德愛之理義者心之制事之宜也此二句乃一章之大指下文乃詳言之後多放此

孟子集註

まず孟子が訪れたのが梁《りょう》の恵王《けいおう》です（梁は戦国七雄《せんごくしちゆう》である魏《ぎ》が遷都した後の呼び名）。恵王が孟子と出会い、初めて発した言葉は、「わが国に利益を与《あた》えてくださるのでしょうか」でした。孟子はその恵王に、利益は重要ではない、重要なのは仁義《じんぎ》だけだ、と答えます。

ここには、恵王と孟子との立場や考え方の違いがはっきりと現れています。恵王は、自国がこの時代を生き残り、ひいては天下を統一するために、富国強兵《ふこくきょうへい》に役立つ現実的・実用的な施策《しさく》を求めていました。これに対し孟子は、仁義に基く道徳的政治（王道政治）によって民生《みんせい》の安定を実現するという理想を語ります。

数多くの国を巡った孟子ですが、この齟齬《そご》はこの後も常についてまわります。それでも孟子は、利益のみを求める現実主義的な世俗に対して、信念と熱意とを持って、強く自分の信じる王道政治を説き続けました。

五十歩百歩《ごじっぽひやっぽ》（第3章）

梁《りょう》の恵王《けいおう》曰《いわ》く、寡人《かじん》の国《くに》に於《お》けるや、心《こころ》を尽《つ》くすのみ。河内凶《かだいきょう》なれば、則《すなわ》ち其《そ》の民《たみ》を河東《かとう》に移《うつ》し、其《そ》の粟《ぞく》を河内《かだい》に移《うつ》す。河東凶《かとうきょう》なるも亦然《またしか》り。隣国《りんごく》の政《まつりごと》を察《さつ》するに、寡人《かじん》の心《こころ》を用《もち》うるが如《ごと》き者無《ものな》し。隣国《りんごく》の民少《たみすくな》きを加《くわ》えず、寡人《かじん》の民《たみ》多《おお》きを加《くわ》えざるは、何《なん》ぞや、と。孟子《もうし》対《こた》えて曰《いわ》く、王《おう》戦《いくさ》を好《この》む。請《こ》う戦《いくさ》を以《もっ》て喩《たと》えん。塡然《てんぜん》として之《これ》に鼓《こ》し、兵刃《へいじん》既《すで》に接《せっ》し、甲《こう》を棄《す》て兵《へい》を曳《ひ》きて走《はし》る。或《あるい》は百歩《ひゃっぽ》にして後《のち》止《とど》まり、或《あるい》は五十歩《ごじっぽ》にして後《のち》止《とど》まる。五十歩《ごじっぽ》を以《もっ》て百歩《ひゃっぽ》を笑《わら》えば、則《すなわ》ち何如《いかん》、と。曰《いわ》く、不可《ふか》なり。直百歩《ただひゃっぽ》ならざるのみ。是《こ》れ亦《また》走《はし》るなり、と。

◆梁恵王曰、寡人之於レ国也、尽レ心焉耳矣。河内凶、則移二其民於河東一、移二其粟於河内一。河東凶亦然。察二隣国之政一、無下如二寡人之用一レ心者上。隣国之民不レ加レ少、寡人之民不レ加レ多、何也。孟子対曰、王好レ戦。請以レ戦喩。塡然鼓レ之、兵刃既接、棄レ甲曳レ兵而走。或百歩而後止、或五十歩而後止。以二五十歩一笑二百歩一、則何如。曰、不可。直不二百歩一耳。是亦走也。

梁《りょう》の恵王《けいおう》が言った。「私は国を治めるにあたり、心を尽くして政治を行なっている。河内地方《かだいちほう》が凶作であれば、その地方の住民を河東地方《かとうちほう》に移住させ、河東地方の穀物を河内地方に輸送する。河東地方が凶作であっても同様だ。隣国の政治を見ると、私のように心を尽くしている者はいない。それなのに、隣国の民は減少しないし、わが国の民は増加しないのはなぜなのだろうか」。

孟子が答えた。「王は戦争がお好きだから、戦争に喩《たと》えてみましょう。太鼓をどんと打ち鳴らし、双方《そうほう》が既に刃《やいば》を交《まじ》えたとき、甲冑《かっちゅう》を脱ぎ捨て、武器を曳《ひ》きずって逃げ出したものがいました。あるものは百歩逃げて踏《ふ》み止《とど》まり、あるものは五十歩逃げて踏み止まったとします。五十歩逃げたものが、百歩逃げたものを〔憶病者《おくびょうもの》だと〕笑ったとしたらどうでしょうか」。

王「それはだめだ。ただ百歩逃げなかったというだけだ。逃げたのは同じだ」。

曰《いわ》く、王如《おうも》し此《こ》れを知《し》れば、則《すなわ》ち民《たみ》の隣国《りんごく》より多《おお》きを望《のぞ》む無《な》かれ。農時《のうじ》を違《たが》えざれば、穀勝《こくあ》げて食《くら》うべからず。数罟《そくこ》洿池《おち》に入《い》らざれば、魚鼈勝《ぎょべつあ》げて食《くら》うべからず。斧斤時《ふきんとき》を以《もっ》て山林《さんりん》に入《い》れば、材木勝《ざいもくあ》げて用《もち》うべからず。穀《こく》と魚鼈《ぎょべつ》と勝《あ》げて食《くら》うべからず、材木勝《ざいもくあ》げて用《もち》うべからざるは、是《こ》れ民《たみ》をして生《せい》を養《やしな》い死《し》を喪《そう》して憾《うら》み無《な》からしむるなり。生《せい》を養《やしな》い死《し》を喪《そう》して憾《うら》み無《な》きは、王道《おうどう》の始《はじ》めなり。五畝《ごほ》の宅《たく》、之《これ》に樹《う》うるに桑《くわ》を以《もっ》てすれば、五十《ごじゅう》の者《もの》以《もっ》て帛《はく》を衣《き》るべし。鶏豚狗彘《けいとんこうてい》の畜《きく》、其《そ》の時《とき》を失《うしな》う無《な》ければ、七十《しちじゅう》の者《もの》以《もっ》て肉《にく》を食《くら》うべし。百畝《ひゃっぽ》の田《でん》、其《そ》の時《とき》を奪《うば》う勿《な》ければ、数口《すうこう》の家《いえ》以《もっ》て飢《う》うる無《な》かるべし。庠序《しょうじょ》の教《おしえ》を謹《つつ》しみ、之《これ》に申《かさ》ぬるに孝悌《こうてい》の義《ぎ》を以《もっ》てすれば、頒白《はんぱく》の者《もの》道路《どうろ》に負戴《ふたい》せず。七十《しちじゅう》の者《もの》帛《はく》を衣《き》肉《にく》を食《くら》い、黎民《れいみん》飢《う》えず寒《こご》えず、然《しか》り而《しこう》して王《おう》たらざる者《もの》、未《いま》だ之《これ》有《あ》らざるなり。狗彘《くてい》人《ひと》の食《しょく》を食《くら》えども検《けん》することを知《し》らず、塗《みち》に餓莩《がひょう》有《あ》れども発《ひら》くことを知《し》らず、人《ひと》死《し》すれば、則《すなわ》ち我《われ》に非《あら》ず、歳《とし》なり、と曰《い》う。是《こ》れ何《なん》ぞ人《ひと》を刺《さ》して之《これ》を殺《ころ》し、我《われ》に非《あら》ず、兵《へい》なり、と曰《い》うに異《こと》ならんや。王歳《おうとし》を罪《つみ》する無《な》ければ、斯《ここ》に天下《てんか》の民《たみ》至《いた》らん、と。

◆曰、王如知レ此、則無レ望三民之多二於隣国一也。不レ違二農時一、穀不レ可二勝食一也。数罟不レ入二洿池一、魚鼈不レ可二勝食一也。斧斤以レ時入二山林一、材木不レ可二勝用一也。穀与二魚鼈一不レ可二勝食一、材木不レ可二勝用一、是使二民養レ生喪レ死無一レ憾也。養レ生喪レ死無レ憾、王道之始也。五畝之宅、樹レ之以レ桑、五十者可二以衣一レ帛矣。鶏豚狗彘之畜、無レ失二其時一、七十者可二以食一レ肉矣。百畝之田、勿レ奪二其時一、数口之家可二以無一レ飢矣。謹二庠序之教一、申レ之以二孝悌之義一、頒白者不三負二戴於道路一矣。七十者衣レ帛食レ肉、黎民不レ飢不レ寒、然而不レ王者、未二之有一也。狗彘食二人食一而不レ知レ検、塗有二餓莩一而不レ知レ発、人死、則曰二非レ我也、歳也一。是何異三於刺レ人而殺レ之、曰二非レ我也、兵也一。王無レ罪レ歳、斯天下之民至焉。

孟子「王がもしこの道理をお分かりになるなら、自国の民が隣国の民より多いことを望んではいけません。〔民を労役《ろうえき》に徴用《ちょうよう》するのに〕農繁期《のうはんき》を避ければ、穀物は食べきれないほど実るでしょう。池で目の細かい網《あみ》を用いるのを禁止すれば、魚や鼈《すっぽん》は食べきれないほど増えるでしょう。斧《おの》で材木を伐採《ばっさい》するのに、ふさわしい季節を選んで山林に入るようにさせれば、樹木も使いきれないほど育つでしょう。穀物と魚とが食べきれないほどあり、材木が使いきれないほどあれば、民は生者を養《やしな》うにも死者を弔《とむら》うにも不満に感じることはなくなります。生者を養うにも死者を弔《とむら》うにも民が不満を感じないこと、これこそが王道の出発点なのです。

五畝《ごほ》の宅地に桑の樹を植えさせれば、五十歳以上の老人に絹を着せることができます。鶏や豚や犬を飼育するのに、繁殖《はんしょく》の時期を間違わないようにさせれば、七十歳以上の老人に肉を食べさせることができます。一家に百畝《ひゃっぽ》の田地を与《あた》え、農繁期に労役《ろうえき》にかり出したりしなければ、数人の家族が飢えるということはありません。学校教育を重視し、丁寧に反覆して孝悌《こうてい》の義《ぎ》を教えるならば、白髪まじりの老人が道路で荷物を担《かつ》ぐといったことはありません。七十歳の老人が絹を着て肉を食べており、民衆が飢えることも寒がることもない、このようであって王者になれなかった者はおりません。

〔今の諸侯《しょこう》は〕豊作《ほうさく》の年《とし》には、犬や豚に人の食べものを食べさせるのを取《と》り締《し》まることもせず、凶作《きょうさく》の年《とし》には、道端《みちばた》に飢えた人が倒れていても、倉庫を開いて食糧を放出することもしません。それで餓死者がでても、『自分の責任ではない、今年の凶作のせいだ』などと言うのです。これは、人を刺し殺しておいて、『自分の責任ではない、刃物のせいだ』と言うのとなんの違いがありましょう。王よ、民の苦しみをその年の凶作のせいにするようなことをなさらなければ、天下の民はすぐにこの国に集まって来るでしょう」。

❖　❖　❖　❖

故事成語「五十歩百歩《ごじっぽひゃっぽ》」の出典です。

当時、人口の多寡《たか》がその国の国力にストレートに反映していました。それは、当時の経済が農業を基礎としたものであり、人口が農業生産力に直結していたためです。また兵士の数も人口に左右されました。このため、自国の人口増加は、各国にとって重大な政治的課題でした。

恵王は、自分は流亡《りゅうぼう》する農民が慕《した》って集まってくるようなよい政治を行なっていると考えていました。ですから孟子に対して、「自分は他国より善政を敷《し》いているのに人口が増えない」と訴えたのです。それに対して孟子は五十歩百歩の比喩を用いて、恵王と他の諸侯とがやっていることに本質的な違いはないと指摘し、王道政治を行なうよう勧めます。

後半は、孟子の主張する王道政治の具体例です。経済面からは民生《みんせい》を安定させること、道徳面からは民衆に年長者を敬《うやま》う道徳心を教えること、がその眼目《がんもく》となります。単に自分が望む王道政治を主張するだけではなく、恵王の望みである人口増加は王道政治実現の先にこそある、というロジックで恵王を王道政治へと誘《いざな》っています。

王道政治《おうどうせいじ》の要点《ようてん》（第7章）

（前略）

曰《いわ》く、臣之《しんこれ》を胡齕《ここつ》に聞《き》く。曰《いわ》く、王堂上《おうどうじょう》に坐《ざ》するに、牛《うし》を牽《ひ》きて堂下《どうか》を過《す》ぐる者有《ものあ》り。王之《おうこれ》を見《み》て曰《いわ》く、牛何《うしいず》くに之《ゆ》く、と。対《こた》えて曰《いわ》く、将《まさ》に以《もっ》て鐘《かね》に釁《ちぬ》らんとす、と。王曰《おういわ》く、之《これ》を舎《お》け。吾其《われそ》の觳觫《こくそく》として罪無《つみな》くして死地《しち》に就《つ》くが若《ごと》くなるに忍《しの》びず、と。対《こた》えて曰《いわ》く、然《しか》らば則《すなわ》ち鐘《かね》に釁《ちぬ》ることを廃《はい》せんか、と。曰《いわ》く、何《なん》ぞ廃《はい》すべけんや。羊《ひつじ》を以《もっ》て之《これ》に易《か》えよ、と。識《し》らず諸有《これあ》りや、と。曰《いわ》く、之有《これあ》り、と。曰《いわ》く、是《こ》の心以《こころもっ》て王《おう》たるに足《た》る。百姓《ひゃくせい》皆王《みなおう》を以《もっ》て愛《お》しむと為《な》すも、臣固《しんもと》より王《おう》の忍《しの》びざるを知《し》るなり、と。王曰《おういわ》く、然《しか》り。誠《まこと》に百姓《ひゃくせい》なる者有《ものあ》り。斉国褊小《せいこくへんしょう》なりと雖《いえど》も、吾何《われなん》ぞ一牛《いちぎゅう》を愛《お》しまんや。即《すなわ》ち其《そ》の觳觫《こくそく》として罪無《つみな》くして死地《しち》に就《つ》くが若《ごと》くなるに忍《しの》びず。故《ゆえ》に羊《ひつじ》を以《もっ》て之《これ》に易《か》う、と。曰《いわ》く、王百姓《おうひゃくせい》の王《おう》を以《もっ》て愛《お》しむと為《な》すを異《あや》しむ無《な》かれ。小《しょう》を以《もっ》て大《だい》に易《か》う、彼悪《かれいずく》んぞ之《これ》を知《し》らん。王若《おうも》し其《そ》の罪無《つみな》くして死地《しち》に就《つ》くを隠《いた》めば、則《すなわ》ち牛羊何《ぎゅうようなん》ぞ択《えら》ばん、と。王笑《おうわら》いて曰《いわ》く、是《こ》れ誠《まこと》に何《なん》の心《こころ》ぞや。我其《われそ》の財《ざい》を愛《お》しみて之《これ》に易《か》うるに羊《ひつじ》を以《もっ》てするに非《あら》ざるなり。宜《むべ》なるかな百姓《ひゃくせい》の我《われ》を愛《お》しむと謂《い》うや、と。曰《いわ》く、傷《そこな》う無《な》し。是《こ》れ乃《すなわ》ち仁術《じんじゅつ》なり。牛《うし》を見《み》て未《いま》だ羊《ひつじ》を見《み》ず。君子《くんし》の禽獣《きんじゅう》に於《お》けるや、其《そ》の生《せい》を見《み》ては、其《そ》の死《し》を見《み》るに忍《しの》びず。其《そ》の声《こえ》を聞《き》きては、其《そ》の肉《にく》を食《くら》うに忍《しの》びず。是《ここ》を以《もっ》て君子《くんし》庖厨《ほうちゅう》を遠《とお》ざく、と。

◆（前略）曰、臣聞二之胡齕一。曰、王坐二於堂上一、有下牽レ牛而過二堂下一者上。王見レ之曰、牛何之。対曰、将二以釁一レ鐘。王曰、舎レ之。吾不レ忍四其觳觫若三無レ罪而就二死地一。対曰、然則廃レ釁レ鐘与。曰、何可レ廃也。以レ羊易レ之。不レ識有レ諸。曰、有レ之。曰、是心足二以王一矣。百姓皆以レ王為レ愛也、臣固知二王之不一レ忍也。王曰、然。誠有二百姓者一。斉国雖二褊小一、吾何愛二一牛一。即不レ忍四其觳觫若三無レ罪而就二死地一。故以レ羊易レ之也。曰、王無レ異二於百姓之以レ王為レ愛也。以レ小易レ大、彼悪知レ之。王若隠三其無レ罪而就二死地一、則牛羊何択焉。王笑曰、是誠何心哉。我非下愛二其財一而易レ之以上羊也。宜乎百姓之謂二我愛一也。曰、無レ傷也。是乃仁術也。見レ牛未レ見レ羊也。君子之於二禽獣一也、見二其生一、不レ忍レ見二其死一。聞二其声一、不レ忍レ食二其肉一。是以君子遠二庖厨一也。

（前略）

（孟子《もうし》は宣王に天下の王となる方法について語る）孟子「私は胡齕《ここつ》にこのようなことを聞きました。以前、王が堂の上に座っておられた時、牛を牽《ひ》いて堂の下を通り過ぎる者がおりました。王はこれを見て、『その牛はどこへ行くのか』と問われました。すると、『新しい鐘《かね》ができたので、それに血を塗《ぬ》る儀式のために連れて行きます』と答えました。王は、『やめよ。私は牛が恐れおののいて罪もないのに死地に行くような様子を見るに忍《しの》びない』と仰有《おつしや》いました。するとその者は、『では、鐘に血を塗る儀式は取り止めましょうか』と言い、王は、『どうして止められようか。羊を牛の代わりにせよ』とお答えになりました。果たしてこのようなことがあったのでしょうか」。

王「そんなことがあった」。

孟子「〔王に〕その心があれば天下に王となるに充分です。民衆は王が吝嗇《りんしょく》で牛を惜しんだと思っておりますが、私は勿論《もちろん》、王が牛を殺すに忍《しの》びなかったのだと存じております」。

王「そうだ。民衆はそう言っている。しかし、斉《せい》は小国ではあるが、どうして一頭の牛を惜しむことがあろうか。私は、牛が恐れおののいて罪もないのに死地に行くような様子を見るに忍びなかったのだ。だから羊に取り替えさせたのだ」。

孟子「王よ、民衆が、『王が牛を惜しんだ』と言うのを不思議に思うことはございません。小さな羊をもって大きな牛に替えたのですから〔一見惜しんだように見えます〕、彼らにどうして王のお気持ちが理解できましょう。〔しかし〕王がもし罪のないものが死地《しち》に行くのを憐《あわ》れんだのであれば、〔どちらも憐れなのは同じなのに〕どうして牛と羊とを区別されたのですか」。

王は笑って言った。「これはまったくどんな心だったのだろう。私は財を惜しんで、牛を羊に取り替えたのではない〔しかし高価な牛を惜しんだように見えるというのも理解できる〕。民衆が、私が牛を惜しんだ、と言うのももっともだ」。

孟子「〔民衆が誤解しても、王の仁徳《じんとく》を〕傷つけることにはなりません。王のなさったことこそ仁《じん》のやり方なのです。王は牛は直接ご覧になりましたが、羊は見ておられません。君子は鳥や獣に対して、その生きている姿を見るとその死を見るに忍びず、その死ぬ時の声を聞くとその肉を食べるに忍びないものです。だから、君子は厨房《ちゅうぼう》を離れた場所に建てるのです」。

王説《おうよろこ》びて曰《いわ》く、詩《し》に云《い》えらく、他人心有《たにんこころあ》り、予之《われこれ》を忖度《そんたく》す、と。夫子《ふうし》の謂《いい》なり。夫《そ》れ我乃《われすなわ》ち之《これ》を行《おこ》ない、反《かえ》って之《これ》を求《もと》めて、吾《わ》が心《こころ》に得《え》ず。夫子《ふうし》之《これ》を言《い》い、我《わ》が心《こころ》に於《お》いて戚戚焉《せきせきえん》たる有《あ》り。此《こ》の心《こころ》の王《おう》たるに合《あ》う所以《ゆえん》の者《もの》は何《なん》ぞや、と。曰《いわ》く、王《おう》に復《もう》す者有《ものあ》り。曰《いわ》く、吾《わ》が力《ちから》は以《もっ》て百鈞《ひゃっきん》を挙《あ》ぐるに足《た》れども、以《もっ》て一羽《いちわ》を挙《あ》ぐるに足《た》らず。明《めい》は以《もっ》て秋毫《しゅうごう》の末《すえ》を察《さっ》するに足《た》れども、輿薪《よしん》を見《み》ず、と。則《すなわ》ち王之《おうこれ》を許《ゆる》さんか、と。曰《いわ》く、否《いな》、と。今《いま》恩《おん》は以《もっ》て禽獣《きんじゅう》に及《およ》ぶに足《た》れども、功《こう》は百姓《ひゃくせい》に至《いた》らざるは、独《ひと》り何《なん》ぞや。然《しか》らば則《すなわ》ち一羽《いちわ》の挙《あ》がらざるは、力《ちから》を用《もち》いざるが為《ため》なり。輿薪《よしん》の見《み》えざるは、明《めい》を用《もち》いざるが為《ため》なり。百姓《ひゃくせい》の保《やす》んぜられざるは、恩《おん》を用《もち》いざるが為《ため》なり。故《ゆえ》に王《おう》の王《おう》たらざるは、為《な》さざるなり。能《あた》わざるに非《あら》ざるなり、と。

◆王説曰、詩云、他人有レ心、予忖二度之一。夫子之謂也。夫我乃行レ之、反而求レ之、不レ得二吾心一。夫子言レ之、於二我心一有二戚戚焉一。此心之所三以合二於王一者何也。曰、有下復二於王一者上。曰、吾力足三以挙二百鈞一、而不レ足三以挙二一羽一。

明足三以察二秋毫之末一、而不レ見二輿薪一。則王許レ之乎。曰、否。今恩足二以及二禽獣一、而功不レ至二於百姓一者、独何与。然則一羽之不レ挙、為レ不レ用レ力焉。輿薪之不レ見、為レ不レ用レ明焉。百姓之不レ見レ保、為レ不レ用レ恩焉。故王之不レ王、不レ為也。非レ不レ能也。

王は喜んで言った。「『詩経《しきょう》』に、『他人に思いがあれば、私はそれを推《お》し量《はか》ることができる』とあるが、先生のことを言うのだな。〔牛と羊との交換は〕私が自分で行なったのだが、ふりかえって考えても、その理由は分からなかった。しかし、先生がその理由を説明されると、先日の気持ちがよみがえって来た。では、この牛を憐《あわ》れむ心が、天下の王となるにふさわしいというのはどうしてなのか」。

孟子「いまここに、王に、『私の力は、百鈞《ひゃつきん》もの重さのものを持ち上げることができるが、一片の羽毛を持ち上げることはできない。眼は、毛の先端を見分けることができるが、車一杯の薪《まき》は見えない』と申す者がおりましたら、王はこれをお許しになるでしょうか」。

王「いや」。

孟子「今、王の恩愛《おんあい》の情は動物にまで及んでいながら、その恵《めぐ》みが民衆に及んでいないのは、いったいどうしてなのでしょうか。そうしてみると、一片の羽毛が持ち上げられないのは力を用いないからで、車一杯の薪《まき》が見えないのは眼を用いないからです。これと同じく、民衆が愛護されていないのは、〔王が〕恩《おん》を施《ほどこ》さないからです。ですから、王が天下の王となれないでいらっしゃるのは、それを為《な》さないからであって、できないからではないのです」。

曰《いわ》く、為《な》さざる者《もの》と能《あた》わざる者《もの》との形《かたち》、何《なに》を以《もつ》てか異《こと》なる、と。曰《いわ》く、太山《たいざん》を挟《さしはさ》みて以《もつ》て北海《ほつかい》を超《こ》ゆ。人《ひと》に語《かた》りて曰《いわ》く、我能《われあた》わず、と。是《こ》れ誠《まこと》に能《あた》わざるなり。長者《ちようじや》の為《ため》に枝《えだ》を折《お》る。人《ひと》に語《かた》りて曰《いわ》く、我能《われあた》わず、と。是《こ》れ為《な》さざるなり。能《あた》わざるに非《あら》ざるなり。故《ゆえ》に王《おう》の王《おう》たらざるは、太山《たいざん》を挟《さしはさ》みて以《もつ》て北海《ほつかい》を超《こ》ゆるの類《たぐい》に非《あら》ざるなり。王《おう》の王《おう》たらざるは、是《こ》れ枝《えだ》を折《お》るの類《たぐい》なり。吾《われ》が老《ろう》を老《ろう》として、以《もつ》て人《ひと》の老《ろう》に及《およ》ぼし、吾《われ》が幼《よう》を幼《よう》として、以《もっ》て人《ひと》の幼《よう》に及《およ》ぼせば、天下《てんか》は掌《たなごころ》に運《めぐ》らすべし。詩《し》に云《い》えらく、寡妻《かさい》に刑《のっと》り、兄弟《けいてい》に至《いた》り、以《もっ》て家邦《かほう》を御《おさ》む、と。言《い》うこころは、斯《こ》の心《こころ》を挙《あ》げて、諸《これ》を彼《かれ》に加《くわ》うるのみ、と。故《ゆえ》に恩《おん》を推《お》せば以《もっ》て四海《しかい》を保《やす》んずるに足《た》り、恩《おん》を推《お》さざれば以《もっ》て妻子《さいし》を保《やす》んずる無《な》し。古《いにしえ》の人《ひと》の大《おお》いに人《ひと》に過《す》ぎたる所以《ゆえん》は、他無《たな》し、善《よ》く其《そ》の為《な》す所《ところ》を推《お》すのみ。今恩《いまおん》は以《もっ》て禽獣《きんじゅう》に及《およ》ぶに足《た》れども、功《こう》は百姓《ひゃくせい》に至《いた》らざるは、独《ひと》り何《なん》ぞや。権《けん》して、然《しか》る後《のち》に軽重《けいちょう》を知《し》り、度《ど》して、然《しか》る後《のち》に長短《ちょうたん》を知《し》る。物皆然《ものみなしか》り。心甚《こころはなは》だしと為《な》す。王《おう》請《こ》う之《これ》を度《はか》れ。

（中略）

王曰《おういわ》く、吾惛《われくら》くして是《ここ》に進《すす》む能《あた》わず。願《ねが》わくば夫子吾《ふうしわ》が志《こころざし》を輔《たす》け、明《あき》らかに以《もっ》て我《われ》に教《おし》えよ。我不敏《われふびん》と雖《いえど》も、請《こ》う之《これ》を嘗試《しょうし》せん、と。曰《いわ》く、恒産無《こうさんな》くして恒心有《こうしんあ》るは、惟士《ただし》のみ能《よ》くすと為《な》す。民《たみ》の若《ごと》きは、則《すなわ》ち恒産無《こうさんな》ければ、因《よ》りて恒心無《こうしんな》し。苟《いやしく》も恒心無《こうしんな》ければ、放辟邪侈《ほうへきじゃし》、為《な》さざる無《な》きのみ。罪《つみ》に陥《おちい》るに及《およ》びて、然《しか》る後従《のちしたが》いて之《これ》を刑《けい》するは、是《こ》れ民《たみ》を罔《あみ》するなり。焉《いずく》んぞ仁人位《じんじんくらい》に在《あ》る有《あ》りて、民《たみ》を罔《あみ》すること為《な》すべけんや。是《こ》の故《ゆえ》に明君《めいくん》民《たみ》の産《さん》を制《せい》するや、必《かなら》ず仰《あお》ぎては以《もっ》て父母《ふぼ》に事《つか》うるに足《た》り、俯《ふ》しては以《もっ》て妻子《さいし》を畜《やしな》うに足《た》り、楽歳《らくさい》には終身飽《しゅうしんあ》き、凶年《きょうねん》には死亡《しぼう》を免《まぬが》れしむ。然《しか》る後《のち》駆《か》りて善《ぜん》に之《ゆ》かしむ。故《ゆえ》に民《たみ》の之《これ》に従《したが》うや軽《やす》し。今民《いまたみ》の産《さん》を制《せい》するに、仰《あお》ぎては以《もっ》て父母《ふぼ》に事《つか》うるに足《た》らず、俯《ふ》しては以《もっ》て妻子《さいし》を畜《やしな》うに足《た》らず、楽《らく》歳《さい》には終身苦《しゅうしんくる》しみ、凶年《きょうねん》には死亡《しぼう》を免《まぬが》れず。此《こ》れ惟死《ただし》を救《すく》いて贍《た》らざるを恐《おそ》るるのみ。奚《なん》ぞ礼義《れいぎ》を治《おさ》むるに暇《いとま》あらんや。王之《おうこれ》を行《おこ》なわんと欲《ほっ》せば、則《すなわ》ち盍《なん》ぞ其《そ》の本《もと》に反《かえ》らざる。

（後略）

◆曰、不レ為者与二不レ能者一之形、何以異。曰、挟二太山一以超二北海一。語レ人曰、我不レ能。是誠不レ能也。為二長者一折レ枝。語レ人曰、我不レ能。是不レ為也。非レ不レ能也。故王之不レ王、非下挟二太山一以超二北海一之類上也。王之不レ王、是折レ

枝之類也。老二吾老一、以及二人之老一、幼二吾幼一、以及二人之幼一、天下可レ運二於掌一。詩云、刑二于寡妻一、至二于兄弟一、以御二于家邦一。言、挙二斯心一、加二諸彼一而已。故推レ恩足三以保二四海一、不レ推レ恩無三以保二妻子一。古之人所二以大過一レ人者、無レ他焉、善推二其所一レ為而已矣。今恩足三以及二禽獣一、而功不レ至二於百姓一者、独何与。権、然後知二軽重一、度、然後知二長短一。物皆然。心為レ甚。王請度レ之。

（中略）

王曰、吾惛不レ能レ進二於是一矣。願夫子輔二吾志一、明以教レ我。我雖二不敏一、請嘗二試之一。曰、無二恒産一而有二恒心一者、惟士為レ能。若レ民、則無二恒産一、因無二恒心一。苟無二恒心一、放辟邪侈、無レ不レ為已。及レ陥二於罪一、然後従而刑レ之、是罔レ民也。焉有二仁人在一レ位、罔レ民而可レ為也。是故明君制二民之産一、必使下仰足三以事二父母一、俯足三以畜二妻子一、楽歳終身飽、凶年免中於死亡上。然後駆而之レ善。故民之従レ之也軽。今也制二民之産一、仰不レ足三以事二父母一、俯不レ足三以畜二妻子一、楽歳終身苦、凶年不レ免二於死亡一。此惟救レ死而恐レ不レ贍。奚暇レ治二礼義一哉。王欲レ行レ之、則盍レ反二其本一矣。

（後略）

王「為《な》さないことと、できないこととはどう違うのか」。

孟子「泰山《たいざん》を腋《わき》の下に挟《はさ》んで北海《ほっかい》を跳《と》び越《こ》える、これを、『私はできない』と言うのは、これは本当にできないのです。老人のために木の枝を折る、これを、『私はできない』と言うのは、これは為《な》さないのです。できないのではありません。ですから、王が天下の王となれないでいらっしゃるのは、泰山を腋の下に挟んで北海を跳び越えるというような〔不可能な〕たぐいのことではなく、老人のために木の枝を折るというような〔ごく簡単な〕たぐいのことです」。

自分の身近な老人を老人として敬《うやま》い、その心《こころ》を他人の老人にまで拡げ、自分の身近な幼児を幼児として慈《いつく》しみ、その心を他人の幼児にまで拡げれば、天下を治《おさ》めることは手《て》の平《ひら》で物を転がすようにたやすいことです。『詩経』に、『わが妻に模範を示し、兄弟に徳化を及ぼし、ついに国を治《おさ》めた』とあります。その意味は、身近な人に対する情愛を推《お》し広《ひろ》げて民衆に及ぼすということです。ですから、近くより遠くに恩愛《おんあい》の心《こころ》を及ぼしていけば、ついには天下を安定させることができますが、恩愛の心を及ぼさないのであれば、自分の妻子すら安心させることができません。古《いにしえ》の聖天子が大いに人より優れている理由は、他《ほか》でもありません。身近な人に対する恩愛の心を推し広げて、天下万民にまで及ぼしたからです。今、王の恩愛の情は動物にまで及んでいながら、その恵《めぐ》みが民衆に及んでいないのは、いったいどうしてなのでしょうか。秤《はかり》で量《はか》ってはじめて軽重《けいちょう》を知ることができ、物差《ものさ》しで測《はか》ってはじめて長短《ちょうたん》を知ることができます。物は皆そうです。中でも心は特にそうです。王よ、どうか〔ご自分が恩恵《おんけい》に関して当然の順序を見失っていないか〕よくよく振り返ってお考えください」。

（中略）

王「私は愚かで、仁政《じんせい》を行なうところまで進むことができない。どうか先生には、私の志《こころざし》を助け、はっきりと教えてほしい。私は愚か者ではあるが、しばらくこれをやってみようと思う」。

孟子「安定した収入が無くても安定して道徳心を保つことができるのは、ただ学問を修め義理を知る士《し》だけです。一般民衆は、安定した収入がなければ、安定して道徳心を保つことはできません。もし安定して道徳心を保つことができなければ、邪悪なことでも何でもやってしまいます。〔民衆が〕罪を犯すに及んでから、そのことによって刑罰に処するのは、見えない網《あみ》を張っておいて民衆をそこに追いこむようなものです。仁人《じんじん》が位に在って政治を執《と》っていたら、民衆を網《あみ》に追いこむようなことをするでしょうか。

故に、名君が民衆の生産収入を調整するにあたっては、上は父母に十分に尽《つ》くすことができ、下は妻子を十分に養うことができ、豊作《ほうさく》の年は十分な収入があり、凶作《きょうさく》の年でも死亡することがないようにします。こうして民衆を善《ぜん》に導いたのです。ですから民衆も自然と従ったのです。

ところが現在の諸侯《しょこう》が民衆の生産収入を調整しても、上は父母に十分に尽《つ》くすことができず、下は妻子を十分に養うことができず、豊作の年でも苦しんでおり、凶作の年には死亡を免《まぬが》れません。これでは民衆も、死から逃《のが》れようとして、それが叶《かな》うかどうか恐れるばかりです。どうして礼儀を治《おさ》める余裕などあるでしょうか」。

（後略）

❖　❖　❖　❖

孟子の主張する王道政治の第一歩は、為政者が、生まれつき自分の心にある「仁《じん》」を自覚し、それを拡充して政治上に及ぼすことにあります。宣王《せんおう》は殺される牛を見て憐《あわ》れに思い、羊と取り換えるよう命じました。牛と羊との違いは宣王が直接目にしたかどうかであって、理屈からいえば、牛はダメだが羊なら殺してもよい、ということにはならないのは当然です。しかし、やはり人間の心情として、直接姿を見たり声を聞いたりした動物が殺されるのを、より憐れだと感じるのは自然なことでしょう。孟子は、その人の持つ自然な憐れみの心が仁《じん》の第一歩だと言っているのです。この考え方は、後の章にて示される性善説《せいぜんせつ》につながっています。

さらに孟子は譬《たと》え話《ばなし》を用いながら、牛にさえ及ぶ宣王の恩恵が、一般民衆には及んでいないのは矛盾《むじゅん》だと指摘します。そうして、宣王は真の王者になれないでいるのは、能力が足りないためになれないのではなく、自分でなろうとしないからだと言い切ります。「能《あた》わざるにあらず、為《な》さざるなり（できないのではない、しないのだ）」とは、宣王ならずとも胸に突きささる言葉でしょう。

その後、王者となるために何をすればよいかについて述べ説いてゆきますが、この部分は、愛情に関する儒教《じゆきよう》の基本的な考え方を示したものとなっています。自分の家の老人・幼児といった身近な人たちを敬《うやま》い愛し、そのこころを推《お》し広《ひろ》げて遠く他人にまで及ぼす、これが儒家《じゆか》の考える愛情のあり方です。宣王でいえば、その恩恵は遠く牛にまで及んでいるのに、より近い存在であるはずの民衆には及んでいないのはおかしいということになります。

孟子の主張する王道政治の要点の一つが、生産力の向上による民生《みんせい》の安定です。この主張は、「恒産《こうさん》なくして恒心《こうしん》なし（安定した収入がなければ、安定して道徳心を保つことはできない）」という人間性の理解から導かれたものです。これは、道徳心を持ちつづけるための条件として経済的安定が重要であることを指摘したもので、道徳を単に観念的に論じるだけでなく、その基礎に経済という視点を導入したという点で注目に値します。この人間性理解は孟子の経済政策の基礎となっており、有名な井田制《せいでんせい》を説いた滕文《とうぶん》公《こう》上篇にも見えます。

■コラム　孟母《もうぼ》

人物としての孟子《もうし》について語るときに、忘れてはならない人物がいます。それは孟子の母親です。姓は仉氏《しょうし》または李氏《りし》であったといわれますがはっきりせず、孟母《もうぼ》と呼ばれています。この孟母には、孟子を育てあげた母親として、いくつかのエピソードが伝えられています。

第一のエピソードは、孟子の幼少期のころのことです。孟子が幼いころ暮していた家は、お墓の側《そば》にありました。それで、幼い孟子は葬式ごっこをして遊んでいました。それを見た孟母は、「ここはわが子をおいておける場所ではないわ」と言って、市場《いちば》の側に引っ越しました。すると孟子は、今度は商人が暴利で商品を売りつけるのを真似《まね》して商人ごっこで遊ぶようになりました。孟母はまた、「ここはわが子をおいておける場所ではないわ」と言い、今度は学校の側に引っ越しました。そうすると、孟子はお供《そな》えをしつらえて儀式《ぎしき》ごっこをして遊ぶようになりました。孟母は、「ここここそわが子をおいておけるところだわ」と言い、そこに居《きょ》を構《かま》えました。

次のエピソードは、孟子の就学期《しゅうがくき》のころのことです。家を離れて学業に努めていた孟子が、あるとき家に帰ってきました。そのとき孟母はちょうど機《はた》を織《お》っているところでした。孟母がその手を止めずに、「学業はどこまで進みましたか」と訊《たず》ねると、孟子は、「あいかわらずです」と答えました。すると孟母はハサミを手に取り、自分が織っている途中の布を切り裂きました。そうして、孟子がその理由を訊ねると、「あなたが勉強をやめてしまったのは、私がこの布を切り裂くようなものです」と諭《さと》しました。孟子は反省して日夜勉強に努め、ついに天下の名儒《めいじゅ》となりました。

これら二つは幼少年期における教育に関するエピソードといえますが、他に大人となった孟子を教え導《みちび》いたというエピソードも残されています。

「孟母断機処」と「孟母三遷」の石碑（鄒城 孟廟）

孟子が私室に入ると、孟子夫人が上半身の肌をあらわにして部屋の中にいました。孟子は〔礼がなっていないと考え〕不機嫌《ふきげん》そうにその場を去りました。夫人は孟母のもとに行き、「夫婦の礼は、私室には関係ないと聞いていましたが、私が私室でくつろいでおりましたら、旦那さまは私を見て不機嫌になられました。これでは私は他人扱《たにんあつか》いです。実家に帰らせていただきたく存じます」と離婚を願い出ました。

そこで孟母は、「礼において、門に入る際、『誰かいらっしゃいますか』と訊ねるのは、敬意を払うためです。部屋に入るときに、必ず中の人に声をかけるのは、気付かせるためです。戸に入るときに、視線を下げるのは、人の過《あやま》ちを見るのを恐れるためです。今、あなたは自分は礼をわきまえず〔ずかずか部屋に入っておきながら〕、相手を礼のことで責《せ》めています。道理《どうり》に外れているのではありませんか」と孟子を諫《いさ》めました。孟子は反省し、夫人に詫《わ》びて夫人を家に留《とど》めおきました。

これらは、『列女伝』に収録されたエピソードです。『列女伝』は、良妻賢母《りょうさいけんぼ》といった近代以前に理想的とされた女性の伝記を集めたもので、ながく女性の道徳の教科書として中国や日本で読まれてきました。なかでも孟母は賢母の代表として有名です。この他、『韓詩外伝《かんしがいでん》』などにも孟母のエピソードが見えます。前二つのエピソードはとくによく知られたもので、それぞれ「孟母三遷《もうぼさんせん》」「孟《もう》母断機《ぼだんき》」として、四字熟語にもなっています。

2　梁恵王《りょうけいおう》下

全一六章。斉《せい》の宣王《せんおう》との対話が第一から第一一章までを占めます。その後、鄒《すう》の穆公《ぼくこう》との対話が一章、滕《とう》の文公《ぶんこう》との対話が三章と続き、最終章は魯《ろ》の平《へい》公《こう》が孟子《もうし》に会いに行こうとして群臣に引き止められた経緯《けいい》を載せています。

民《たみ》と共《とも》に楽《たの》しむ（第1章）

荘暴《そうぼう》孟子《もうし》に見《まみ》えて曰《いわ》く、暴《ぼう》王《おう》に見《まみ》ゆ。王《おう》暴《ぼう》に語《かた》るに楽《がく》を好《この》むことを以《もっ》てす。暴《ぼう》未《いま》だ以《もっ》て対《こた》うる有《あ》らず。曰《いわ》く、楽《がく》を好《この》むこと何如《いかん》、と。孟子《もうし》曰《いわ》く、王《おう》の楽《がく》を好《この》むこと甚《はなは》だしければ、則《すなわ》ち斉国《せいこく》は其《そ》れ庶幾《ちか》からんか、と。他日《たじつ》王《おう》に見《まみ》えて曰《いわ》く、王《おう》嘗《かつ》て荘子《そうし》に語《かた》るに楽《がく》を好《この》むことを以《もっ》てすと、諸《こ》れ有《あ》りや、と。王色《おういろ》を変《へん》じて曰《いわ》く、寡人《かじん》能《よ》く先王《せんおう》の楽《がく》を好《この》むに非《あら》ず。直《ただ》世俗《せぞく》の楽《がく》を好《この》むのみ、と。曰《いわ》く、王《おう》の楽《がく》を好《この》むこと甚《はなは》だしければ、則《すなわ》ち斉《せい》は其《そ》れ庶《ち》幾《か》からんか。今《いま》の楽《がく》は由古《なおいにしえ》の楽《がく》のごときなり、と。曰《いわ》く、聞《き》くを得《う》べきか、と。曰《いわ》く、独《ひと》り楽《がく》して楽《たの》しむと、人《ひと》と楽《がく》して楽《たの》しむと、孰《いず》れか楽《たの》しき、と。曰《いわ》く、人《ひと》と与《とも》にするに若《し》かず、と。曰《いわ》く、少《しょう》と楽《がく》して楽《たの》しむと、衆《しゅう》と楽《がく》して楽《たの》しむと、孰《いず》れか楽《たの》しき、と。曰《いわ》く、衆《しゅう》と与《とも》にするに若《し》かず、と。

◆荘暴見㆓孟子㆒曰、暴見㆓於王㆒。王語㆑暴以㆑好㆑楽。暴未㆑有㆓以対㆒也。曰、好㆑楽何如。孟子曰、王之好㆑楽甚、則斉国其庶幾乎。他日見㆓於王㆒曰、王嘗語㆓荘子㆒以㆑好㆑楽、有㆑諸。王変㆓乎色㆒曰、寡人非㆔能好㆓先王之楽㆒也。直好㆓世俗之楽㆒耳。曰、王之好㆑楽甚、則斉其庶幾乎。今之楽由㆓古之楽㆒也。曰、可㆑得㆑聞与。曰、独楽楽、与㆑人楽楽、孰楽。曰、不㆑若㆑与㆑人。曰、与㆑少楽楽、与㆑衆楽楽、孰楽。曰、不㆑若㆑与㆑衆。

斉《せい》の宣王《せんおう》の臣荘暴《そうぼう》が孟子《もうし》に面会して言った。「私は王に謁見《えっけん》したが、その時、王は私に音楽が好きだと仰《おお》せられた。しかし私は何もお答えできなかった。音楽を好むことはどんなものだろうか〔好《よ》いことだろうか〕」。

孟子が答えた。「王が非常に音楽を好まれるなら、斉国《せいこく》はよく治《おさ》まっているのに近いといえるでしょう」。

後日、孟子は王に謁見して言った。「王はかつて荘先生に音楽が好きだと仰有《おつしや》ったそうですが、まことでしょうか」。

王は顔色《かおいろ》を変えて答えた。「私は先王の音楽を愛好しているのではない。ただ世俗の音楽が好きなだけだ」。

孟子「王が非常に音楽を好まれるなら、斉国はよく治まっているに近いといえるでしょう。今の音楽も古の音楽のようなものです」。

王「そのわけを聞くことはできようか」。

孟子「一人で音楽を楽しむのと、人と一緒に音楽を楽しむのと、どちらが楽しいでしょうか」。

王「人と一緒に聞くほうが楽しい」。

孟子「少人数で音楽を楽しむのと、大人数で音楽を楽しむのと、どちらが楽しいでしょう」。

王「大人数で一緒に聞くほうが楽しい」。

臣請《しんこ》う、王《おう》の為《ため》に楽《がく》を言《い》わん。今王此《いまおうこ》に鼓楽《こがく》せんに、百姓王《ひやくせいおう》の鐘鼓《しょうこ》の声《こえ》・管籥《かんやく》の音《おと》を聞《き》き、挙首《みなくび》を疾《いた》め頞《ひたい》を蹙《あつ》めて、相告《あいつ》げて曰《いわ》く、吾《わ》が王《おう》の鼓《こ》楽《がく》を好《この》む、夫《そ》れ何《なん》ぞ我《われ》をして此《こ》の極《きょく》に至《いた》らしむるや。父子相見《ふしあいみ》ず、兄弟妻《けいていさい》子離散《しりさん》す、と。今王此《いまおうこ》に田猟《でんりょう》せんに、百姓王《ひやくせいおう》の車馬《しゃば》の音《おと》を聞《き》き、羽旄《うぼう》の美《び》を見《み》て、挙首《みなくび》を疾《いた》め頞《ひたい》を蹙《あつ》めて、相告《あいつ》げて曰《いわ》く、吾《わ》が王《おう》の田猟《でんりょう》を好《この》む、夫《そ》れ何《なん》ぞ我《われ》をして此《こ》の極《きょく》に至《いた》らしむるや。父子相見《ふしあいみ》ず、兄弟妻子離散《けいていさいしりさん》す、と。此《こ》れ他《た》無《な》し。民《たみ》と楽《たのしみ》を同《おな》じうせざればなり。今王此《いまおうこ》に鼓楽《こがく》せんに、百姓王《ひやくせいおう》の鐘鼓《しょうこ》の声《こえ》・管籥《かんやく》の音《おと》を聞《き》き、挙欣欣然《みなきんきんぜん》として喜色《きしょくあ》有りて、相告《あいつ》げて曰《いわ》く、吾《わ》が王疾病《おうしっぺい》無《な》きに庶幾《ちか》きか。何《なん》ぞ以《もっ》て能《よ》く鼓楽《こがく》するや、と。今王此《いまおうこ》に田《でん》猟《りょう》せんに、百姓王《ひゃくせいおう》の車馬《しゃば》の音《おと》を聞《き》き、羽旄《うぼう》の美《び》を見《み》て、挙欣欣然《みなきんきんぜん》として喜《き》色有《しょくあ》りて、相告《あいつ》げて曰《いわ》く、吾《わ》が王疾病《おうしっぺい》無きに庶幾《ちか》きか。何《なに》を以《もっ》てか能《よ》く田猟《でんりょう》するや、と。此《こ》れ他《た》無《な》し。民《たみ》と楽《たのしみ》を同《おな》じうすればなり。今王百姓《いまおうひゃくせい》と楽《たのしみ》を同《おな》じうすれば、則《すなわ》ち王《おう》たらん、と。

◆臣請、為レ王言レ楽。今王鼓二楽於此一、百姓聞二王鐘鼓之声管籥之音一、挙疾レ首蹙レ頞、而相告曰、吾王之好二鼓楽一、夫何使三我至二於此極一也。父子不二相見一、兄弟妻子離散。今王田二猟於此一、百姓聞二王車馬之音一、見二羽旄之美一、挙疾レ首蹙レ頞、而相告曰、吾王之好二田猟一、夫何使三我至二於此極一也。父子不二相見一、兄弟妻子離散。此無レ他。不二与レ民同レ楽也。今王鼓二楽於此一、百姓聞二王鐘鼓之声管籥之音一、挙欣欣然有二喜色一、而相告曰、吾王庶三幾無二疾病一与。何以能鼓楽也。今王田二猟於此一、百姓聞二王車馬之音一、見二羽旄之美一、挙欣欣然有二喜色一、而相告曰、吾王庶三幾無二疾病一与。何以能田猟也。此無レ他。与レ民同レ楽也。今王与二百姓一同レ楽、則王矣。

孟子「では、王のために音楽についてお話ししましょう。今、王がここで太鼓を鳴らして音楽を流させたとしましょう。すると民衆は王の鐘や太鼓や笛の音を聞いて、皆が頭痛を覚え、額《ひたい》を聚《あつ》めて、『我々の王は音楽を好み楽しんでおられるのに、我々はどうしてこんなに苦しみの極《きわ》みに追いやられているのだろう。父子は互いに会うこともできず、兄弟・妻子もはなればなれになっている』と語り合います。また、今、王がここで狩《か》りをなさると、民衆は王の車や馬の音を聞き、簱飾《はたかざ》りを見て、皆が頭痛を覚え、額を聚めて、『我々の王は狩《か》りを好み楽しんでおられるのに、我々はどうしてこんなに苦しみの極みに追いやられているのだろう。父子は互いに会うこともできず、兄弟・妻子もはなればなれになっている』と語り合います。これは他《ほか》でもありません。民衆とともに楽しもうとなさらないからです。

また今、王がここで太鼓を鳴らして音楽を流させたとしましょう。すると民衆は王の鐘や太鼓や笛の音を聞いて、皆嬉《うれ》しそうに喜んで、『わが王はご病気ではないようだ。もしご病気なら、このように音楽を楽しまれるだろうか〔いや、楽しまれない〕』と語り合います。今、王がここで狩りをなさると、民衆は王の車や馬の音を聞き、旗飾《はたかざ》りを見て、皆嬉しそうに喜んで、『わが王はご病気ではないようだ。もしご病気なら、このように狩りを楽しまれるだろうか〔いや、楽しまれない〕』と語り合います。これは他でもありません。民衆とともに楽しんでおられるからです。

今、王が民衆とともに楽しむようになされれば、天下に王となることができるでしょう」。

❖❖❖❖

音楽が好きだという斉《せい》の宣王《せんおう》と孟子《もうし》との対話です。儒家は、古《いにしえ》の聖天子が民衆の人格を陶冶《とうや》するには、音楽が大きな役割を果たしたと考えていました。その際用いられたのが「先王《せんおう》の楽《がく》」です。孟子に、「音楽が好きだというのは本当か」と問われた宣王は、「先王の楽を愛好しているのか」と問われたのだと思い、恥ずかしくなって顔色を変えつつ、「そんな立派な音楽ではなく、世俗の音楽だ」と答えたわけです。

しかし孟子が言いたかったのは、音楽そのものの雅俗に関係なく、その楽しみ方が国がよく治まることに繋《つな》がるということでした。その要点は、「民とともに楽しむ」ということころにあります。当時は、困窮《こんきゅう》する民衆をよそに、君主や貴族らが贅沢《ぜいたく》をつくして快楽に耽《ふけ》るということが多々ありました。当然そんなことで民の心《こころ》が摑《つか》めるはずがありません。孟子は、君主が己一人の快楽を求めず、民とともに楽しみ、民の幸せを喜ぶことこそ、政治の要点だと主張しているのです。

「民とともに楽しむ」ことを心がければ、君主が音楽や狩りを楽しんでいるという事実を民衆が喜ぶように、つまり、民衆が君主を愛するようになります。君主は民衆とともに楽しみ、民衆は君主を愛する、これでこそ「国がよく治まっている」といえるのです。

左右《さゆう》を顧《かえり》みて他《た》を言《い》う（第6章）

孟子《もうし》斉《せい》の宣王《せんおう》に謂《い》いて曰《いわ》く、王《おう》の臣《しん》に其《そ》の妻子《さいし》を其《そ》の友《とも》に託《たく》して、楚《そ》に之《ゆ》きて遊《あそ》ぶ者有《ものあ》り。其《そ》の反《かえ》るに比《およ》ぶや、則《すなわ》ち其《そ》の妻子《さいし》を凍餒《とうたい》すれば、則《すなわ》ち之《これ》を如何《いかん》せん、と。王曰《おういわ》く、之《これ》を棄《す》てん、と。曰《いわ》く、士師《しし》士《し》を治《おさ》むること能《あた》わざれば、則《すなわ》ち之《これ》を如何《いかん》せん、と。王曰《おういわ》く、之《これ》を已《や》めん、と。曰《いわ》く、四《し》境《きょう》の内治《うちおさ》まらざれば、則《すなわ》ち之《これ》を如何《いかん》せん、と。王左右《おうさゆう》を顧《かえり》みて他《た》を言《い》う。

◆孟子謂二斉宣王一曰、王之臣有下託二其妻子於其友一、而之レ楚遊者上。比二其反一也、則凍二餒其妻子一、則如レ之何。王曰、棄レ之。曰、士師不レ能レ治レ士、則如レ之何。王曰、已レ之。曰、四境之内不レ治、則如レ之何。王顧二左右一而言レ他。

孟子《もうし》は斉《せい》の宣王《せんおう》に言った。「王の臣に、妻子を友人に託《たく》して楚《そ》に行ったものがいたとします。帰ってみると、妻子は飢え凍《こご》えていたとしたら、王はこの友人をどう処遇されますか」。

王「絶交するのがよい」。

孟子「司法長官が部下の役人をうまく使えなかったとしたら、この司法長官をどうされますか」。

王「罷免《ひめん》しよう」。

孟子「国内がうまく治まっていないとしたら、どうされますか」。
王は左右を振り返って、他のことを話し出した。

❖　❖　❖　❖

孟子は、妻子のことを頼んだのに約束を果たしてくれなかった友人、部下を管理できない司法長官を話題にあげ、宣王にそれぞれ「絶交するべき」「罷免するべき」と言わせます。そう言質《げんち》をとっておいて、「国がうまく治まっていない場合はどうするか」、つまり、国を治める責任者である宣王自身をどう処遇すべきかと問うのです。宣王は答えに窮《きゅう》してあたりを見回し、本題とは別のことを言ってごまかすしかありませんでした。

短いながらも、孟子の優《すぐ》れた弁論術が見てとれる章です。

話題をそらせてごまかすことを「顧《かえり》みて他《た》を言《い》う」というのは、ここから生まれました。

民《たみ》の声《こえ》を聞《き》く（第7章）

孟子《もうし》斉《せい》の宣王《せんおう》に見《まみ》えて曰《いわ》く、所謂故国《いわゆるここく》とは、喬木《きょうぼく》有《あ》るの謂《いい》を謂《い》うに非《あら》ざるなり。世臣《せしん》有《あ》るの謂《いい》なり。王《おう》に親臣《しんしん》無《な》し。昔者《せきしゃ》進《すす》む所《ところ》、今日《こんにち》其《そ》の亡《な》きを知《し》らざるなり、と。王曰《おういわ》く、吾何《われなに》を以《もっ》て其《そ》の不才《ふさい》を識《し》りて之《これ》を舎《す》てん、と。曰《いわ》く、国君《こくくん》賢《けん》を進《すす》むるに、已《や》むを得《え》ざるが如《ごと》くす。将《まさ》に卑《ひ》をして尊《そん》に踰《こ》え、疏《そ》をして戚《せき》に踰《こ》えしめんとす。慎《つつし》まざるべけんや。左右皆賢《さゆうみなけん》と曰《い》うも、未《いま》だ可《か》ならず。諸大夫皆賢《しょたいふみなけん》と曰《い》うも、未《いま》だ可《か》ならず。国人皆賢《こくじんみなけん》と曰《い》い、然《しか》る後之《のちこれ》を察《さつ》し、賢《けん》なるを見《み》て、然《しか》る後之《のちこれ》を用《もち》う。左右皆不可《さゆうみなふか》と曰《い》うも、聴《き》く勿《な》かれ。諸大夫皆不可《しょたいふみなふか》と曰《い》うも、聴《き》く勿《な》かれ。国人皆不可《こくじんみなふか》と曰《い》い、然《しか》る後之《のちこれ》を察《さつ》し、不可《ふか》なるを見《み》て、然《しか》る後之《のちこれ》を去《さ》る。左右皆殺《さゆうみなころ》すべしと曰《い》うも、聴《き》く勿《な》かれ。諸大夫皆殺《しょたいふみなころ》すべしと曰《い》うも、聴《き》く勿《な》かれ。国人皆殺《こくじんみなころ》すべしと曰《い》い、然《しか》る後之《のちこれ》を察《さつ》し、殺《ころ》すべきを見《み》て、然《しか》る後之《のちこれ》を殺《ころ》す。故《ゆえ》に曰《いわ》く、国人之《こくじんこれ》を殺《ころ》す、と。此《かく》の如《ごと》くにして、然《しか》る後以《のちもっ》て民《たみ》の父母《ふぼ》たるべし、と。

◆孟子見㆓斉宣王㆒曰、所謂故国者、非㆑謂㆘有㆓喬木㆒之謂㆖也。有㆓世臣㆒之謂也。王無㆓親臣㆒矣。昔者所㆑進、今日不㆑知㆓其亡㆒也。王曰、吾何以識㆓其不才㆒而舎㆑之。曰、国君進㆑賢、如㆑不㆑得㆑已。将㆑使㆓卑踰㆑尊、疏踰㆑戚。可㆑不㆑慎与。左右皆曰㆑賢、未㆑可也。諸大夫皆曰㆑賢、未㆑可也。国人皆曰㆑賢、然後察㆑之、見㆑賢焉、然後用㆑之。左右皆曰㆓不可㆒、勿㆑聴。諸大夫皆曰㆓不可㆒、勿㆑聴。国人皆曰㆓不可㆒、然後察㆑之、見㆓不可㆒焉、然後去㆑之。左右皆曰㆑可㆑殺、勿㆑聴。諸大夫皆曰㆑可㆑殺、勿㆑聴。国人皆曰㆑可㆑殺、然後察㆑之、見㆑可㆑殺焉、然後殺㆑之。故曰、国人殺㆑之也。如㆑此、然後可㆔以為㆓民父母㆒。

孟子《もうし》は斉《せい》の宣王《せんおう》に謁見《えつけん》して言った。「いわゆる古い国というのは、大木があるという意味ではありません。代々仕えて勲功《くんこう》があり、喜びも悲しみも国とともにするような家柄の家臣がいるという意味です。ところが、王には〔ご自身の代になって〕親しく信任するようになった臣すらおらず、かつて登用したものが、今では逃げ去っているのもご存知ないでしょう」。

宣王は言った。「私はどうやって才能の無い人物を見分けて用いないようにすればよいのか」。

孟子「君主は、賢者を用いるのは、やむを得ず用いる場合に限るべきです。〔今まで用いていなかった者を新しく高い身分で用いるということは〕卑賤《ひせん》なものを尊貴《そんき》なものより高く用い、疎遠《そえん》なものを親近《みぢか》なものより高く用いようとすることです。これを慎重にしないでいられましょうか。左右の近臣がみな『賢者だ』と言っても、まだ用《もち》いてはなりません。諸大夫《しょたいふ》がみな『賢者だ』と言っても、まだ用いてはなりません。国民がみな『賢者だ』と言い、それからよくその人を観察し、本当に賢者であったなら、その後で用いるのです。

左右の近臣がみな『用いていてはいけない』と言っても、まだ聞き入れてはいけません。諸大夫《しょたいふ》がみな『用いていてはいけない』と言っても、まだ聞き入れてはいけません。国民がみな『用いていてはいけない』と言い、それからよくその人を観察し、本当に用いていてはいけないような人物であったなら、その後で罷《ひ》免《めん》するのです。

左右の近臣がみな『殺すべきだ』と言っても、まだ聞き入れてはいけません。諸大夫がみな『殺すべきだ』と言っても、まだ聞き入れてはいけません。国民がみな『殺すべきだ』と言い、それからよくその人を観察し、本当に殺すべきであったなら、その後で殺すのです。だからこれを、国民が殺した、といいます。このようにしてこそ、はじめて民の父母となることができるのです」。

❖❖❖❖

人材登用について述べた章です。孟子は側近が優秀だと言っても、高官が優秀だと言っても、それだけではダメだと言います。国民がみなその人物を優秀だと言い、さらにそれから、自身でその人間をよく調べ、見きわめてから登用せよと言うのです。退《しりぞ》ける場合や死刑にする場合も同じで、国民こぞって賛成し、さらに自身で調べてから実行しなければなりません。

一部の部下だけでなく、国民全体の意見、つまり輿論《よろん》を重視せよという主張です。このように、明確に民意《みんい》の尊重を説くのが、孟子の政治論の特徴の一つです。

ただ孟子は、最終的な判断と決定とは君主が行なうとしています。民意を尊重しながらも、民衆は政治主体として扱われてはおらず、あくまで政治の責任は君主にあります。人材登用と輿論との関係に関して、南宋《なんそう》の朱子《しゅし》は、大衆に迎合《げいごう》することによって大衆の人気を得ようとする者や、孤高であることによって大衆に憎まれる者がいるので、最後に君主がよく判断せねばならない、と述べています。

暴君《ぼうくん》は殺《ころ》してよい（第8章）

斉《せい》の宣王《せんおう》問《と》いて曰《いわ》く、湯《とう》桀《けつ》を放《はな》ち、武《ぶ》王《おう》紂《ちゅう》を伐《う》つ。諸《こ》れ有《あ》りや、と。孟《もう》子《し》対《こた》えて曰《いわ》く、伝《でん》に於《お》いて之《これ》有《あ》り、と。曰《いわ》く、臣《しん》其《そ》の君《くん》を弑《しい》す、可《か》ならんや、と。曰《いわ》く、仁《じん》を賊《そこな》う者《もの》、之《これ》を賊《ぞく》と謂《い》う。義《ぎ》を賊《そこな》う者《もの》、之《これ》を残《ざん》と謂《い》う。残賊《ざんぞく》の人《ひと》、之《これ》を一夫《いっぷ》と謂《い》う。一夫《いっぷ》紂《ちゅう》を誅《ちゅう》するを聞《き》くも、未《いま》だ君《くん》を弑《しい》するを聞《き》かざるなり、と。

◆斉宣王問曰、湯放レ桀、武王伐レ紂。有レ諸。孟子対曰、於レ伝有レ之。曰、臣弑二其君一、可乎。曰、賊レ仁者、謂二之賊一。賊レ義者、謂二之残一。残賊之人、謂二之一夫一。聞レ誅二一夫紂一矣、未レ聞レ弑レ君也。

斉《せい》の宣王《せんおう》が訊《たず》ねた。「殷《いん》の湯王《とうおう》が夏《か》の桀王《けつおう》を追放し、周《しゅう》の武王《ぶおう》が殷《いん》の紂王《ちゅうおう》を征伐《せいばつ》したというが、そんなことがあったのか」。

孟子が答えた。「伝わっている記録にございます」。

宣王「臣下が君主を殺す、このようなことをしてもよいのか」。

孟子「仁《じん》をそこなう者を賊《ぞく》といいます。義《ぎ》をそこなう者を残《ざん》といいます。残賊《ざんぞく》の人を一夫《いっぷ》といいます。周《しゅう》の武王《ぶおう》は一夫である紂《ちゅう》を誅殺《ちゅうさつ》したとは聞いていますが、君主を殺したとは聞いておりません」。

❖❖❖❖

儒教では、王朝の交代は「禅譲《ぜんじょう》」（有徳者に譲《ゆず》る）によるのがよいとされ、「放伐《ほうばつ》」（武力で奪《うば》いとる）はよくないとされます。

伝説上の聖天子である堯《ぎょう》は舜《しゅん》にその帝位を継《つ》がせ（禅譲）、舜《しゅん》は禹《う》に継《つ》がせます（禅譲）。禹《う》の子啓《けい》がその後を継《つ》ぎ、夏王朝《かおうちょう》が始まります。後に桀王《けつおう》が悪政を行《おこ》ない民衆を虐《しいた》げたため、湯王《とうおう》がこれを追放し、殷《いん》王朝を打ち建てます（放伐《ほうばつ》）。さらに、殷王朝の紂王《ちゅうおう》もまた妲己《だっき》の色香《いろか》に溺《おぼ》れて民衆を苦しめたため、武王がこれを討伐し周王朝を打ち建てることになります（放伐）。

儒教においては、悪逆の王を倒し新しい王朝を建てた湯王と武王とは、共に尊敬すべき聖天子とされます。しかし、いくら悪逆の王とはいえ、臣下でありながら己の君主を討ち滅ぼしたことには違いなく、その観点からは両者は唾棄《だき》すべき主君殺しということになります。宣王の問いはこの齟齬《そご》を衝《つ》いたものです。

桀王（石索）

孟子は、仁義をそこなう者は天子として不適格であり、紂王は既に天子の資格を失っていた。だから武王は主君殺しには当たらない、という理屈で武王を擁護しています。これは一種の革命是認論《かくめいぜにんろん》と言えますが、その内容から、『孟子』の中でも議論の対象となることの多い章です。

■コラム　「革命」と「revolution」

孟子の特徴的な思想の一つとして、「革命是認《かくめいぜにん》」が挙げられます。歴史上の「革命」といえば、「フランス革命」や「ロシア革命」などが第一に思いうかびますが、このイメージで漢語の「革命」を理解するといささか問題が生じます。

これら西欧世界の事件を表す「革命」は、英語の「revolution」に相当するものですが、実は古くからある漢語の「革命」とは少し意味合いが異なります。たとえば「フランス革命（French Revolution）」は、ブルボン王朝が倒され政治体制が王制から共和制《きょうわせい》に移行したという事件で、「市民革命」とも呼ばれます。これに対して、漢語の「革命」は「易姓革命《えきせいかくめい》」とも呼ばれ、王朝の交替を意味します。

中国は数多くの王朝交替を経験してきた地域です。ざっと挙げただけでも、夏《か》・殷《いん》・周《しゅう》・秦《しん》・前漢《ぜんかん》・新《しん》・後漢《ごかん》・魏《ぎ》・呉《ご》・蜀《しょく》・晋《しん》・宋《そう》・斉《せい》・梁《りょう》・陳《ちん》・隋《ずい》・唐《とう》・宋《そう》・元《げん》・明《みん》・清《しん》と数多くの王朝が交替しています。分裂期の地方政権をすべて含めればこの数はさらに倍増します。中国人はこれらの王朝交替を、天が「天下《てんか》を治《おさ》めよ」との命令を与える相手を、今まで与えていた王家（姓）から別の王家へとあらためた、と理解しました。これが「易姓革命」で、訓読すると、「姓《せい》を易《か》え命《めい》を革《あらた》む」となります。中国の歴史において、共和制への移行という意味での「revolution」にあたるのは、清朝《しんちょう》が倒されて中華民国《ちゅうかみんこく》が打ち建てられた辛亥革《しんがいかく》命《めい》のみといえるでしょう。

ですから、孟子の「革命是認」とは、「共和制への移行の是認《ぜにん》」ではなく、「王朝交替の容認《ようにん》」と理解するのがよいということになります。

日本においては、例えば上田秋成《うえだあきなり》の『雨月物語《うげつものがたり》』において、登場人物である西《さい》行法師《ぎょうほうし》が、「中国の書物は経典《けいてん》・歴史書・詩文にいたるまで伝来しないものはないのに、『孟子』だけは日本に来ておりません。この本を積んだ船は必ず暴風にあって沈没すると聞いております」と語り、続けてその理由について、「『革命是認』などという小賢《こざか》しい教えが伝来すれば、天皇の位を奪う逆臣《ぎゃくしん》がでるだろうと八百万《やおよろず》の神が神風《かみかぜ》を起こして船を転覆させるのです」（巻之一、「白峰《しらみね》」）と述べています。なお、この俗信は中国で明清代《みんしんだい》に書かれた『五雑組《ござつそ》』『古夫于亭雑録《こふうていざつろく》』などに見えます。

『孟子』を積むと船が沈むというのはもちろん俗信ですが、こういった極端な反発は、天皇家が続き王朝交替が存在しないという日本独自の歴史事情から生まれたものだといえるでしょう。

3 公《こう》孫《そん》丑《ちゅう》上

全九章。遊説中《ゆうぜいちゅう》の孟子の言行録。篇名ともなっている公孫丑《こうそんちゅう》との問答は、首章と第二章とのみで、その他は、孟子の遊説中の言行を記したものだと思われます。第六章に見える四端説《したんせつ》は孟子の道徳論として特に有名なものです。

人《ひと》に四端《したん》有《あ》り（第6章）

孟子《もうし》曰《いわ》く、人皆人《ひとみなひと》に忍《しの》びざるの心有《こころあ》り。先王人《せんおうひと》に忍《しの》びざるの心有《こころあ》り、斯《ここ》に人《ひと》に忍《しの》びざるの政有《まつりごとあ》り。人《ひと》に忍《しの》びざるの心《こころ》を以《もっ》て、人《ひと》に忍《しの》びざるの政《まつりごと》を行《おこ》なえば、天下《てんか》を治《おさ》むること之《これ》を掌上《しょうじょう》に運《めぐ》らすべし。人皆人《ひとみなひと》に忍《しの》びざるの心有《こころあ》りと謂《い》う所以《ゆえん》は、今人乍《いまひとたちま》ち孺子《じゅし》の将《まさ》に井《せい》に入《い》らんとするを見《み》れば、皆怵惕惻隠《みなじゅってきそくいん》の心有《こころあ》り。交《まじ》わりを孺子《じゅし》の父母《ふぼ》に内《むす》ばんとする所以《ゆえん》に非《あら》ざるなり。誉《ほまれ》を郷党朋友《きょうとうほうゆう》に要《もと》むる所以《ゆえん》に非《あら》ざるなり。其《そ》の声《こえ》を悪《にく》んで然《しか》るに非《あら》ざるなり。是《こ》れに由《よ》りて之《これ》を観《み》れば、惻隠《そくいん》の心無《こころな》きは、人《ひと》に非《あら》ざるなり。羞悪《しゅうお》の心無《こころな》きは、人《ひと》に非《あら》ざるなり。辞譲《じじょう》の心無《こころな》きは、人《ひと》に非《あら》ざるなり。是非《ぜひ》の心無《こころな》きは、人《ひと》に非《あら》ざるなり。惻隠《そくいん》の心《こころ》は、仁《じん》の端《たん》なり。羞悪《しゅうお》の心《こころ》は、義《ぎ》の端《たん》なり。辞譲《じじょう》の心《こころ》は、礼《れい》の端《たん》なり。是非《ぜひ》の心《こころ》は、智《ち》の端《たん》なり。人《ひと》の是《こ》の四端有《したんあ》るは、猶其《なおそ》の四体有《したいあ》るがごとし。是《こ》の四端有《したんあ》りて自《みずか》ら能《あた》わずと謂《い》う者《もの》は、自《みずか》ら賊《そこな》う者《もの》なり。其《そ》の君能《くんあた》わずと謂《い》う者《もの》は、其《そ》の君《くん》を賊《そこな》う者《もの》なり。凡《およ》そ我《われ》に四端有《したんあ》る者《もの》、皆拡《みなひろ》めて之《これ》を充《み》たすを知《し》れば、火《ひ》の始《はじ》めて然《も》え、泉《いずみ》の始《はじ》めて達《たつ》するが若《ごと》し。苟《いやしく》も能《よ》く之《これ》を充《みた》せば、以《もっ》て四海《しかい》を保《やす》んずるに足《た》る。苟《いやしく》も之《これ》を充《みた》さざれば、以《もっ》て父母《ふぼ》に事《つか》うるに足《た》らず、と。

◆孟子曰、人皆有㆓不㆑忍㆑人之心㆒。先王有㆓不㆑忍㆑人之心㆒、斯有㆓不㆑忍㆑人之政一矣。以二不レ忍レ人之心一、行二不レ忍レ人之政一、治三天下二可レ運二之掌上一。所四以謂三人皆有二不レ忍レ人之心一者、今人乍見二孺子将レ入二於井一、皆有二怵惕惻隠之心一。非四所三以内二交於孺子之父母一也。非四所三以要二誉於郷党朋友一也。非下悪二其声一而然上也。由レ是観レ之、無二惻隠之心一、非レ人也。無二羞悪之心一、非レ人也。無二辞譲之心一、非レ人也。無二是非之心一、非レ人也。惻隠之心、仁之端也。羞悪之心、義之端也。辞譲之心、礼之端也。是非之心、智之端也。人之有二是四端一也、猶三其有二四体一也。有二是四端一而自謂レ不レ能者、自賊者也。謂二其君不レ能者、賊二其君一者也。凡有三四二端於我一者、知二皆拡而充レ之矣、若二火之始然、泉之始達一。苟能充レ之、足三以保二四海一。苟不レ充レ之、不レ足三以事二父母一。

孟子が言った。「人には皆、他人の不幸を見るに忍びないと思う心がある。古代の聖天子にもこの心があったので、人々の不幸を見すごさないような政治を行なった。この心によって、人々の不幸を見すごさないような政治を行なえば、天下を治めるのも手の平の上で物を転がすようにたやすいことだ。

人には皆、他人の不幸を見るに忍びないと思う心がある、といえる理由は以下のようなものだ。

今、ある人が、幼児が突然井戸に落ちそうになっているのを見たとしたら、驚き憐《あわ》れむ心《こころ》を起こす。その幼児の親と交際を結ぼうとするからではない。名誉を郷里《きょうり》の人や友人に認めてもらいたいからではない。〔見殺しにしたという〕悪名《あくめい》を嫌がってそうするのでもない〔人なら自然とそうする〕。

このことから考えると、惻隠《そくいん》の心《こころ》のないものは、人とはいえない。羞悪《しゅうお》の心のないものは、人とはいえない。辞譲《じじょう》の心のないものは、人とはいえない。是非《ぜひ》の心のないものは、人とはいえない。惻隠の心は、仁《じん》の萌芽《ほうが》である。羞悪の心は、義《ぎ》の萌芽である。辞譲《じじょう》の心は、礼《れい》の萌芽である。是非の心は、智《ち》の萌芽である。人にこの四つの萌芽があるのは、人に必ず両手両脚があるのと同様である。

この四つの萌芽があるにもかかわらず、仁義《じんぎ》礼智《れいち》にそって行動できないという者は、自分で自分を害する人である。自分の君主《くんしゅ》が、仁義礼智にそって行動できていないという者は、君主を害する人である。この四つの萌芽を持つ人たちが、皆それを推《お》し広《ひろ》げて心に満たすことを知れば、火が燃え始め、泉が湧出《わきだ》し始めるように広まるだろう。もしこれを満たせば、天下を安定させることも十分できるであろう。もしこれを満たすことができなければ、父母に仕《つか》えることも一分にできないであろう」。

❖❖❖❖

孟子の代表的な道徳説として知られる四端説《したんせつ》について述べています。

孟子は、人は皆、生まれつき「人《ひと》に忍《しの》びざるの心」（他人の不幸に同情し痛ましいと思う心）を持っていると説きます。

その証拠として挙げるのが、次の例です。井戸に落ちそうな幼児を見れば、誰でも咄嗟《とっさ》に助けようと心が動きます。孟子はこれこそが、「人に忍びざるの心」だといいます。これはまた惻隠《そくいん》の心とも呼ばれます。人は誰でも、「惻隠」（他人を憐《あわ》れみ同情すること）、「羞悪《しゅうお》」（自身の悪行を恥じ不善《ふぜん》を憎むこと）、「辞譲《じじょう》」（へりくだって他人に譲《ゆず》ること）、「是非《ぜひ》」（善悪《ぜんあく》や正邪《せいじゃ》を判断すること）の四つの心を持っています。人間が生まれつき持っている仁《じん》・義《ぎ》・礼《れい》・智《ち》といった性質が心に現れる際、まずこの「四端《したん》」の形をとります。ですから、「惻隠」の心を拡充すれば仁の徳、「羞悪」の心を拡充すれば義の徳、「辞譲」の心を拡充すれば礼の徳、「是非」の心を拡充すれば智の徳になるのです。

この四端説は、孟子の性善説《せいぜんせつ》の基礎となる考え方です。

職業《しょくぎょう》ごとの徳性《とくせい》（第7章）

孟子《もうし》曰《いわ》く、矢人《やじん》は豈函人《あにかんじん》より不仁《ふじん》ならんや。矢人《やじん》は惟人《ただひと》を傷《きず》つけざらんことを恐《おそ》る。函人《かんじん》は惟人《ただひと》を傷《きず》つけんことを恐《おそ》る。巫匠《ふしょう》も亦然《またしか》り。故《ゆえ》に術《じゅつ》は慎《つつし》まざるべからざるなり。孔子《こうし》曰《いわ》く、里《り》は仁《じん》あるを美《び》と為《な》す。択《えら》びて仁《じん》に処《お》らざれば、焉《いずく》んぞ智《ち》たるを得《え》ん、と。夫《そ》れ仁《じん》は天《てん》の尊爵《そんしゃく》なり。人《ひと》の安宅《あんたく》なり。之《これ》を禦《とど》むる莫《な》くして不仁《ふじん》なるは、是《こ》れ不智《ふち》なり。不仁《ふじん》・不智《ふち》・無《ぶ》礼《れい》・無義《むぎ》は、人《ひと》の役《えき》なり。人《ひと》の役《えき》にして役《えき》を為《な》すを恥《は》ずるは、由弓人《なおきゆうじん》にして弓《ゆみ》を為《つく》るを恥《は》じ、矢人《やじん》にして矢《や》を為《つく》るを恥《は》ずるがごとし。如《も》し之《これ》を恥《は》ずれば、仁《じん》を為《な》すに如《し》くは莫《な》し。仁《じん》は射《しゃ》の如《ごと》し。射《い》る者《もの》は己《おのれ》を正《ただ》しうして後《のち》に発《はっ》す。発《はっ》して中《あた》らざるも、己《おのれ》に勝《か》つ者《もの》を怨《うら》みず。諸《これ》を己《おのれ》に反求《はんきゅう》するのみ、と。

◆孟子曰、矢人豈不㆓仁於函人㆒哉。矢人惟恐㆑不㆑傷㆑人。函人惟恐㆑傷㆑人。巫匠亦然。故術不㆑可㆑不㆑慎也。孔子曰、里仁為㆑美。択不㆑処㆑仁、焉得㆑智。夫仁天之尊爵也。人之安宅也。莫㆓之禦㆒而不仁、是不智也。不仁不智無礼無義、人役也。人役而恥㆑為㆑役、由㆓弓人而恥㆑為㆑弓、矢人而恥㆑為㆑矢也。如恥㆑之、莫㆑如㆑為㆑仁。仁者如㆑射。射者正㆑己而後発。発而不㆑中、不㆑怨㆓勝㆑己者㆒。反㆓求諸己㆒而已矣。

孟子《もうし》は言った。「矢職人《やしょくにん》がどうして鎧職人《よろいしょくにん》より不仁《ふじん》だといえるだろうか。矢職人は、〔自分の作った矢が敵の〕人を傷つけられないことを恐れる。鎧職人は〔自分の作った鎧がそれを着た〕人を傷つけてしまうことを恐れる。〔人の生死を利益とする〕巫《ふ》や棺桶《かんおけ》職人もそうだ。だから職業は気をつけて選ばなければならない。孔子《こうし》は、『村里は仁《じん》のあるところがよい。仁のある村里を選んで処《お》るようにしないのなら、どうして智の徳を備えることができるだろうか』と仰有《おつしや》った。仁は天が与《あた》えた尊い爵位であり、人の安住すべき住宅だ。誰に妨害されたわけでもないのに不仁なのは、これは不智《ふち》である。不仁・不智・無礼《ぶれい》・無義《むぎ》、この種の人は、人に使われるたぐいの人間である。人に使われておりながら人に使われるのを恥じるのは、弓《ゆみ》職人が弓を作るのを恥じ、矢職人が矢を作るのを恥じるようなものだ。もしこれを恥じるのなら、仁を行なうよりよいことはない。仁を行なうのは矢を射《い》るようなものだ。矢を射る者は、まず自分自身を正しくして、それから射る。射て的中しなかったとしても、自分に勝った者を怨むようなことはしない。自分を反省するだけだ」。

❖❖❖❖

矢職人《やしよくにん》は自分が作った矢が当たることを望みますが、それは当たった人が傷つくことに繋《つな》がります。鎧職人《よろいしよくにん》は自分が作った鎧がその役目を果たし、鎧を着た人が傷つかないことを望みます。孟子が言っているのは、この差異は職業による感じ方の違いであって、矢職人も鎧職人も、人の持つ本来の性質という点では本質的な違いはない、ということです。職業は自分で選択決定するものですが、その決定が自分の感性や思考の方向性に影響を与《あた》えるので、職業選択は慎重にせねばならないのです。

「之《これ》を禦《とど》むる莫《な》くして不仁《ふじん》なるは、是《こ》れ不智《ふち》なり（仁《じん》となることを誰も邪魔していないのに不仁《ふじん》でいるのはバカのすることだ）」というのはなかなかに厳しい言葉です。仁は自分がその気になりさえすれば実行できるもので、仁を行なっていない人は、すべて自分の心がけにその原因があるというのです。梁恵王《りょうけいおう》上篇の「能《あた》わざるにあらず、為《な》さざるなり（できないのではない、しないのだ）」や、『論語』の「仁遠《じんとお》からんや。我仁《われじん》を欲《ほっ》すれば、斯《ここ》に仁至る（仁は遠いものだろうか。〔いやそんなことはない〕仁は求めればすぐここに現れるものだ）」（述而《じゅつじ》）などにも通じる考え方です。

■コラム　性善説《せいぜんせつ》と性悪説《せいあくせつ》

ちょうど孟子の時代あたりから、人間の本性《ほんせい》（本来の性質）についての議論が盛んになりました。そこでまず現れたのが、孟子の性善説《せいぜんせつ》です。

孟子によれば、人間は先天的に善《ぜん》なる道徳的本性《どうとくてきほんせい》を有しています。これは、人間性に対する孟子の強い信頼に基く考えだといえます。しかし、現実には悪に走り犯罪を行なう人間が後を絶ちません。孟子は、本性が善であるのに悪に走る人間がいるのは、環境の影響によってその善なる本性が曇《くも》り汚《けが》れることが原因だと考えました。例えば、経済的な環境が悪化し、貧しい人が増えれば、犯罪に走る人もまた増えるでしょう。ですから孟子は為政者に対して、王道政治を通して民《みん》生《せい》の安定を図るよう強く主張します。

孟子の性善説に対して、荀子《じゅんし》が唱えたのが性悪説《せいあくせつ》です。荀子は、人間の本性を、利益や快楽を好む心《こころ》だと考えました。旬子にとって人間とは、「目《め》は色《いろ》を好《この》み、耳《みみ》は音楽《おんがく》を好《この》み、口《くち》は味《あじ》を好《この》み、心《こころ》は利益《りえき》を好《この》み、肉体《にくたい》は逸楽《いつらく》を好《この》む」（『荀子』性悪《せいあく》）ような存在なのです。そんな各人《かくじん》が自己の欲望を放任《ほうにん》して好き勝手すれば、人間社会は大混乱におちいることでしょう。ですから荀子は、先天的に本性として有する欲望を抑え、それに打ち勝つことこそが人間にとって最も必要なことだといいます。そこで荀子は、自律《じりつ》や克己《こっき》、また後天的な学習や努力を重視します。「青《あお》は藍《あい》より出《い》でて藍《あい》より青《あお》し（青の染料がその原料である藍より青いように、人間も努力や精進によって生まれつきの資質を越えることができる）」（『荀子』勧学《かんがく》）とは、このことを表した言葉です。

この他、孟子の論敵であった告子《こくし》は、水が東に傾ければ東に、西に傾ければ西に流れるように、もともと人間の性には善《ぜん》も不善《ふぜん》もないといいます。

またこれらの他に、人の本性は善を行なうことも不善を行なうこともできる（善でも悪でもある）という説や、各人がそれぞれ異なった性を持っており、善なる性を持つ人も不善の性を持つ人もいるという説があったことが、『孟子』告子上篇に記されています。

4　公孫丑《こうそんちゅう》下

全一四章。主に遊説中《ゆうぜいちゅう》の言行です。斉《せい》の燕国出征《えんこくしゅっせい》が失敗に終り、孟子が斉を去ることになった経緯などが示されています。

天《てん》の時《とき》・地《ち》の利《り》・人《ひと》の和《わ》（第1章）

孟子《もうし》曰《いわ》く、天《てん》の時《とき》は地《ち》の利《り》に如《し》かず、地《ち》の利《り》は人《ひと》の和《わ》に如《し》かず。三里《さんり》の城《しろ》、七里《しちり》の郭《かく》、環《かこ》みて之《これ》を攻《せ》むるも勝《か》たず。夫《そ》れ環《かこ》みて之《これ》を攻《せ》むれば、必《かなら》ず天《てん》の時《とき》を得《え》る者有《ものあ》り。然《しか》り而《しこ》うして勝《か》たざるは、是《こ》れ天《てん》の時《とき》は地《ち》の利《り》に如《し》かざればなり。城高《しろたか》からざるに非《あら》ざるなり。池深《いけふか》からざるに非《あら》ざるなり。兵革堅利《へいかくけんり》ならざるに非《あら》ざるなり。米粟多《べいぞくおお》からざるに非《あら》ざるなり。委《い》して之《これ》を去《さ》る。是《こ》れ地《ち》の利《り》は人《ひと》の和《わ》に如《し》かざればなり。故《ゆえ》に曰《いわ》く、民《たみ》を域《かぎ》るに封《ほう》疆《きょう》の界《さかい》を以《もっ》てせず、国《くに》を固《かた》むるに山谿《さんけい》の険《けん》を以《もっ》てせず、天下《てんか》を威《い》するに兵《へい》革《かく》の利《り》を以《もっ》てせず、と。道《みち》を得《え》る者《もの》は助《たす》け多《おお》く、道《みち》を失《うしな》う者《もの》は助《たす》け寡《すくな》し。助《たす》け寡《すくな》きの至《いた》りは、親戚《しんせき》も之《これ》に畔《そむ》き、助《たす》け多《おお》きの至《いた》りは、天下《てんか》も之《これ》に順《したが》う。天下《てんか》の順《したが》う所《ところ》を以《もっ》て、親戚《しんせき》の畔《そむ》く所《ところ》を攻《せ》む。故《ゆえ》に君子《くんし》は戦《たたか》わざる有《あ》り、戦《たたか》えば必《かなら》ず勝《か》つ、と。

◆孟子曰、天時不㆑如㆓地利㆒、地利不㆑如㆓人和㆒。三里之城、七里之郭、環而攻㆑之而不㆑勝。夫環而攻㆑之、必有㆘得㆓天時㆒者㆖矣。然而不㆑勝者、是天時不㆑如㆓地利㆒也。城非㆑不㆑高也。池非㆑不㆑深也。兵革非㆑不㆓堅利㆒也。米粟非㆑不㆑多也。委而去㆑之。是地利不㆑如㆓人和㆒也。故曰、域㆑民不㆑以㆓封疆之界㆒、固㆑国不㆑以㆓山谿之険㆒、威㆓天下㆒不㆑以㆓兵革之利㆒。得㆑道者多㆑助、失㆑道者寡㆑助。寡㆑助之至、親戚畔㆑之、多㆑助之至、天下順㆑之。以㆓天下之所㆑順、攻㆓親戚之所㆑畔。故君子有㆑不㆑戦、戦必勝矣。

孟子《もうし》が言った。「天《てん》の時《とき》は地《ち》の利《り》に及ばず、地の利は人《ひと》の和《わ》に及ばない。三里四方の内城、七里四方の外城といった程の小さな城を取り囲んで攻めたが勝てないとする。四方を取り囲んで攻めているのだから、必ず天の時を得る機会がある。それなのに勝てないのは、天の時は地の利に及ばないからである。

城壁《じょうへき》が高くないわけではなく、堀《ほり》が深くないわけではなく、武器防具が堅固《けんご》・鋭利《えいり》でないわけではなく、糧食《りょうしょく》が多くないわけではないのに、城を棄《す》てて逃げ去るとする。これは、地の利は人の和に及ばないからである。だから、古語に、『民衆を区切るのに国境によってせず、国の防備《ぼうび》を固めるのに山谷の険しさによってせず、天下に威を示すのに武器防具の鋭利さをもってしない』というのである。

仁義《じんぎ》の道《みち》を得た者はこれを助ける者が多く、仁義の道を失った者はこれを助けるものは少ない。助けが少ないことの極《きわ》みには、親戚すらも背《そむ》き、助けが多いことの極みには、天下万民までもが従う。天下万民が従う状態で、親戚すら背く状態の者を攻める〔勝敗は明らかだ〕。だから君子は戦わない時はすぐにやめ、戦えば必ず勝つのである」。

孟子の戦争論です。孟子は、戦争において重要なものは「天の時」「地の利」「人の和」だと説きます。「天の時」とは、干支《かんし》や五行《ごぎょう》の巡《めぐ》り合《あ》わせがよい時をいいます。「地の利」とは、地形の険《けわ》しさや城の造りなどの地理的な条件で、「人の和」とは、民衆が親和《しんわ》することです。身近な言葉を用いれば、タイミング・ロケーション・チームワークとでもいえるでしょうか。

似たような言い回しは『孫子《そんし》』にも見られます。『孫子』は、戦争で大切なものは「道《どう》・天《てん》・地《ち》・将《しょう》・法《ほう》」であるといいます（『孫子』計篇《けい》）。このうちの「天」「地」は、孟子のいう「天の時」「地の利」にあたるといえるでしょう。他の三つは、「道」は君主への信頼、「将」は将軍の能力、「法」は軍隊の規則をいい、どれも戦争遂行において実務的に必要なものです。

『孟子』では、「道」「将」「法」の代わりに「人の和」が入れられています。戦争についての論でありながら、戦闘の技術面よりも人の調和や協調を重視しているところに孟子らしさが窺《うかが》えます。

あなたも同《おな》じだ（第4章）

孟子《もうし》平陸《へいりく》に之《ゆ》き、其《そ》の大夫《たいふ》に謂《い》いて曰《いわ》く、子《し》の持戟《じげき》の士《し》、一日《いちにち》にして三《み》たび伍《ご》を失《うしな》えば、則《すなわ》ち之《これ》を去《さ》るや否《いな》や、と。曰《いわ》く、三《み》たびを待《ま》たず、と。然《しか》らば則《すなわ》ち子《し》の伍《ご》を失《うしな》うや、亦多《またおお》し。凶年饑歳《きょうねんきさい》には、子《し》の民《たみ》、老羸《ろうるい》は溝壑《こうがく》に転《てん》じ、壮者《そうしゃ》は散《さん》じて四方《しほう》に之《ゆ》く者幾千人《ものすうせんにん》なり、と。曰《いわ》く、此《こ》れ距心《きょしん》の為《な》すを得《う》る所《ところ》に非《あら》ざるなり、と。曰《いわ》く、今人《いまひと》の牛羊《ぎゅうよう》を受《う》けて、之《これ》が為《ため》に之《これ》を牧《ぼく》する者有《ものあ》れば、則《すなわ》ち必《かなら》ず之《これ》が為《ため》に牧《ぼく》と芻《すう》とを求《もと》めん。牧《ぼく》と芻《すう》とを求《もと》めて得《え》ざれば、則《すなわ》ち諸《これ》を其《そ》の人《ひと》に反《かえ》さんか。抑《そも》そも亦《また》立《た》ちて其《そ》の死《し》を視《み》んか、と。曰《いわ》く、此《こ》れは則《すなわ》ち距心《きょしん》の罪《つみ》なり、と。他日王《たじつおう》に見《まみ》えて曰《いわ》く、王《おう》の都《と》を為《おさ》むる者《もの》、臣五人《しんごにん》を知《し》る。其《そ》の罪《つみ》を知《し》る者《もの》は、惟孔距心《ただこうきょしん》のみ、と。王《おう》の為《ため》に之《これ》を誦《しょう》す。王曰《おういわ》く、此《こ》れは則《すなわ》ち寡人《かじん》の罪《つみ》なり、と。

◆孟子之二平陸一、謂二其大夫一曰、子之持戟之士、一日而三失レ伍、則去レ之否乎。曰、不レ待レ三。然則子之失レ伍也、亦多矣。凶年饑歳、子之民、老羸転二於溝壑一、壮者散而之二四方一者幾千人矣。曰、此非二距心之所一レ得レ為也。曰、今有下受二人之牛羊一、而為レ之牧レ之者上、則必為レ之求二牧与一レ芻矣。求二牧与一レ芻而不レ得、則反二諸其人一乎。抑亦立而視二其死一与。曰、此則距心之罪也。他日見二於王一曰、王之為レ都者、臣知二五人一焉。知二其罪一者、惟孔距心。為レ王誦レ之。王曰、此則寡人之罪也。

孟子《もうし》は斉《せい》の平陸《へいりく》に行き、そこの長官の孔距心《こうきょしん》に言った。「あなたの兵士が、一日に三回も隊列を離れることがあれば、これを殺しますか」。

距心は言った。「三回も待ちません」。

孟子「そうであるなら、あなたが隊列を離れる〔兵士と同じく、自分の職責を全《まっと》うしていない〕こともまた多いでしょう。凶作飢饉《きょうさくききん》の年には、あなたの村の民衆は、老人や病人は道端《みちばた》の溝《みぞ》に転がっており、壮年《そうねん》で四方《しほう》に逃亡離散する者は数千人にのぼるではありませんか」。

距心「それは〈王の失政《しっせい》のためで〉私がどうにかできることではありません」。

孟子「今、他人の牛羊を預《あず》かり、その人のために飼育する人がいたとします。その人は必ず牛羊のために放牧地と牧草とを探すでしょう。しかし、もし放牧地と牧草とが手に入らなかったら、牛羊を持ち主に返すでしょうか、それとも立ったまま牛羊が死んでいくのを眺《なが》めているでしょうか」。

距心「これは私の罪です」。

後日、孟子は王に謁見《えつけん》して、「王が地方を治《おさ》めさせている者を、私は五人知っております。その中で、己の罪を知っているのは、ただ孔距心のみです」と告げ、王のために距心との会話の内容を語った。

王は言った。「これは私の罪である」。

❖ ❖ ❖ ❖

孟子は兵士の職務態度というなんでもない話題から会話を始めます。もちろん、兵士について語り合いたいわけではなく、ここから自分の話題としたい内容に、自分が有利な形で議論を持っていくことが目的です。

まず兵士を例にとり、「職務怠慢《しょくむたいまん》は処罰に値《あたい》する」という言質をとります。孟子は質問するのみで、回答の形で相手本人に言わせるのが孟子の巧《うま》いところです。

言質をとったら遠慮はしません。「あなたは警備兵の職務怠慢は処罰に値するというが、あなた自身も民衆を飢えさせるという職務怠慢があるではないか」と、相手の発言と行動との矛盾を追及します。相手は、「自分の力の及ぶことではない」と責任逃れの回答をしますが、孟子は譬《たと》え話《ばなし》を用いてさらに追い詰めます。孟子が持ち出した、「持ち主から牛羊を預かった者は、面倒を見られないのなら、その責任をとって牛羊を持ち主に返すべきだ」という譬えは、「王から民衆を預かった者は、幸福にできないのなら、その責任をとって民衆を君主に返すべきだ（職を辞すべきだ）」という距心《きょしん》への糾弾《きゅうだん》とパラレルになっています。

この会話により、孟子は距心に自分の罪を認めさせます。さらに孟子は、この会話の内容を王に聞かせることにより、直接王自身を責めることなく、王にも反省を促《うなが》します。ここにも孟子の弁論術の巧《たく》みさを見ることができるでしょう。

孟子《もうし》斉《せい》を去《さ》らんとす（第10章）

孟子《もうし》臣《しん》たるを致《いた》して帰《かえ》る。王就《おうつ》きて孟子《もうし》を見《み》て曰《いわ》く、前日《ぜんじつ》は見《み》るを願《ねが》うも得《う》べからず。侍《じ》して朝《ちょう》を同《おな》じうするを得《え》て甚《はなは》だ喜《よろこ》ぶ。今又寡人《いままたかじん》を棄《す》てて帰《かえ》る。識《し》らず、以《もっ》て此《こ》れに継《つ》ぎて見《み》るを得《う》べきか、と。対《こた》えて曰《いわ》く、敢《あえ》て請《こ》わざるのみ。固《もと》より願《ねが》う所《ところ》なり、と。

他日《たじつ》、王時子《おうじし》に謂《い》いて曰《いわ》く、我中国《われちゆうごく》にして孟子《もうし》に室《しつ》を授《さず》け、弟子《でし》を養《やしな》うに万鍾《ばんしよう》を以《もっ》てし、諸大夫《しよたいふ》・国人《こくじん》をして皆《みな》矜式《きようしよく》する所有《ところあ》らしめんと欲《ほっ》す。子《し》盍《なん》ぞ我《わ》が為《ため》に之《これ》を言《い》わざる、と。時子《じし》陳子《ちんし》に因《よ》りて以《もっ》て孟子《もうし》に告《つ》げしむ。陳子時子《ちんしじし》の言《げん》を以《もっ》て孟子《もうし》に告《つ》ぐ。孟子《もうし》曰《いわ》く、然《しか》り。夫《か》の時子《じし》悪《いず》くんぞ其《そ》の不可《ふか》なるを知《し》らんや。如《も》し予《われ》をして富《とみ》を欲《ほっ》せしむれば、十万《じゆうまん》を辞《じ》して万《まん》を受《う》く、是《こ》れ富《とみ》を欲《ほっ》すると為《な》さんや、と。季孫《きそん》曰《いわ》く、異《い》なるかな、子叔疑《ししゆくぎ》。己《おのれ》をして政《まつりごと》を為《な》さしむるには、用《もち》いられざれば則《すなわ》ち亦《またや》已む。又其《またそ》の子弟《してい》をして卿《けい》たらしむ。人亦孰《ひとまたたれ》か富貴《ふうき》を欲《ほっ》せざらん。而《しか》して独《ひと》り富貴《ふうき》の中《なか》に於《お》いて、龍断《ろうだん》を私《わたくし》する有《あ》り、と。古《いにしえ》の市《いち》を為《な》すや、其《そ》の有《あ》る所《ところ》を以《もっ》て、其《そ》の無《な》き所《ところ》に易《か》うるは、有司《ゆうし》は之《これ》を治《おさ》むるのみ。賤丈夫《せんじょうふ》有《あ》り、必《かなら》ず龍断《ろうだん》を求《もと》めて之《これ》に登《のぼ》り、以《もっ》て左右《さゆう》に望《のぞ》みて市利《しり》を罔《あみ》す。人皆以《ひとみなもっ》て賤《いや》しと為《な》す。故《ゆえ》に従《したが》いて之《これ》に征《せい》す。商《しょう》に征《せい》するは此《こ》の賤丈夫《せんじょうふ》より始《はじ》まる、と。

◆孟子致レ為レ臣而帰。王就見二孟子一曰、前日願レ見而不レ可レ得。得二侍同一レ朝甚喜。今又棄二寡人一而帰。不レ識、可二以継レ此而得一レ見乎。対曰、不二敢請一耳。固所レ願也。他日、王謂二時子一曰、我欲下中国而授二孟子室一、養二弟子一以二万鍾一、使中諸大夫国人皆有上レ所二矜式一。子盍二為レ我言一レ之。時子因二陳子一而以告二孟子一。陳子以二時子之言一告二孟子一。孟子曰、然。夫時子悪知二其不可一也。如使二予欲一レ富、辞二十万一而受レ万、是為レ欲レ富乎。季孫曰、異哉、子叔疑。使二己為一レ政、不レ用則亦已矣。又使二其子弟為一レ卿。人亦孰不レ欲二富貴一。而独於二富貴之中一、有レ私二龍断一焉。古之為レ市也、以二其所一レ有、易二其所一レ無者、有司者治レ之耳。有二賤丈夫一焉、必求二龍断一而登レ之、以左右望而罔二市利一。

人皆以為レ賤。故従而征レ之。征レ商自二此賤丈夫一始矣。

孟子《もうし》は〔斉《せい》に道が行なわれないので〕臣であることを辞《じ》して帰宅した。

王は自《みずか》ら孟子に会いに来て言った。「〔あなたが斉に来る〕以前は会いたいと願っても会えなかった。〔斉に来てくれて〕同じ朝廷に立つことができるようになり、私は大変喜んだ。今、私を棄ててお帰りになったが、今後もお会いすることができるだろうか」。

孟子は答えた。「〔今後もお目にかかることは〕あえてお願いしなかっただけで、もともと願っていることです」。

後日、王は臣下の時子《じし》に語った。「私は孟子に、斉の国都《こくと》に家屋《かおく》を与《あた》え、弟子を養うために万鍾《ばんしょう》の禄《ろく》を与え、諸大夫《しょたいふ》・国民に皆孟子を尊敬して手本とさせようと思っている。おまえはどうしてこのことを孟子に告げないのか〔すぐに告げるがよい〕」。

時子は孟子の弟子の陳臻《ちんしん》にたのんで孟子にこのことを告げてもらった。

陳臻《ちんしん》は時子の言葉を孟子に告げた。

孟子は言った。「そうか。どうしてあの時子が〔道の行なわれない斉に留まるなどという〕そんなことができないということを理解できるだろうか〔理解できるはずがない〕。もし私が富《とみ》を欲するとして、〔斉に留まると〕以前受けていた十万鍾の禄を返上して新たに一万鍾の禄を受けることになるが、これは富を欲するといえるだろうか。

季孫《きそん》は、『子叔疑《ししゆくぎ》は奇妙な人だ。自ら卿《けい》となって政治を行なう際には、用いられなかったら辞《じ》して退《しりぞ》くものだ。それなのに、〔自分が用いられなくなると〕またその子弟を卿《けい》とならせた。人に誰か富貴《ふうき》を欲しない者がいるだろうか。一人だけ富貴となり、利益を一人占めする者がいるものだ』と言った。

昔、市場《いちば》で取り引きするには、自分の持っているものを持っていないものと交換し、役人は訴訟《そしょう》を治《おさ》めるだけであった（徴税《ちょうぜい》はしていなかった）。賤《いや》しい男がおり、必ず丘の高い所に登って左右を見回し、市場の利益を網《あみ》で根《ね》こそぎ奪うように独占しようとした。人は皆この男を賤しんだ。だから〔役人は〕この男に税金をかけた。商人から税金を取るのは、この賤しい男から始まったのである〔道の行なわれないところで禄を受けるのは、彼らと同じことだ〕」。

❖❖❖❖

孟子は斉国《せいこく》で道が行なわれることを諦《あきら》め、斉国の臣であることを辞《や》めようとします。そこで宣王は孟子を引き止めようとして、一万鍾《しょう》の俸禄《ほうろく》を与えようと伝えさせます。これに対して孟子は、王が利を以て誘うのに反発し、「自分が富を求めるなら、十万鍾の俸禄を棄てて一万鍾の俸禄を受けるようなことをどうしてするのか」と述べて斉を離れます。孟子が斉に来たのは、王道政治を実践するという理想のためであり、富貴を求めてのことではないからです。なお、宣王が孟子に示した一万鍾は、一説に日本の五七五〇石程度といわれますので、十万鍾は江戸時代の中程度の大名《だいみょう》にも匹敵《ひってき》する高給です。

続いて孟子は、「大昔は市場での取り引きは物々交換で行なわれており、取り引きにかかる税金は存在しなかった。ある時心の賤しい男が利益を独占しようとしたため、税金というシステムを導入して、国が利益の再分配を行なうようになった」と述べ、商業への課税の起源を、権力による所得の再分配の面から説明しています。

「壟断《ろうだん》」はもともと小高い丘の切りたった場所を意味する言葉ですが、この故事から利益を独占することを指すようになりました。

■コラム　稷下《しょっか》の学《がく》

孟子は各国を遊説《ゆうぜい》して諸侯らに自分の学説を説いてまわりましたが、こういった人たちを遊説家と呼び、当時多くの遊説家が活動していました。

戦国時代、各国は自国の生き残りと天下統一とを目指し、富国強兵に鎬《しのぎ》を削《けず》っていました。当然人材登用は実力主義となり、各国は、その身分によらず、思想・政治・外交・経済・戦争・農耕・工作など、各種の知識や技術を持った人間を求めるようになります。

こうして各国は遊説の士を集めるようになりますが、中でも有名なのが斉国です。孟子のころの斉は、大いに発展した大国で、多数の学者や思想家を集めて国力の充実を図《はか》っていました。当時、斉の都の臨淄《りんし》は戸数七万、人口五十万人以上ともいわれる大都市でした。斉の宣王は都城《とじょう》の西門である稷門《しょくもん》のそばに高級住宅街を作らせ、そこに天下の学者・思想家を集めて住まわせていました。

孟子もその一人ですが、その他、陰陽家系《いんようかけい》の鄒衍《すうえん》、法家系《ほうかけい》の慎到《しんとう》、道家系《どうかけい》の田駢《でんべん》・接予《しょうよ》、弁論家《べんろんか》の淳于髡《じゅんうこん》などをはじめ、数百数千の学者が集まっていたといいます。さらには儒家系の荀子《じゅんし》、墨家《ぼっか》の祖である墨子《ぼくし》、為我説《いがせつ》を唱《とな》えた楊朱《ようしゅ》など、そうそうたる顔触《かおぶ》れも臨淄《りんし》で学びました。

彼らは高い俸給を受けながらも決まった仕事はなく、自由に学問や議論をしていればよかったといいます。これらの学者や思想家を「稷下《しょっか》の学士《がくし》」といい、そこで行なわれた学問を「稷下《しょっか》の学《がく》」といいます。

5　滕《とう》文《ぶん》公《こう》上

全五章。前の三章が滕《とう》の文公《ぶんこう》との対話、後の二章が他の思想家との問答です。井田制《せいでんせい》を説いた第三章が有名です。

井田制《せいでんせい》（第3章）

（前略）

夏后氏《かこうし》は五十《ごじゅう》にして貢《こう》し、殷人《いんひと》は七十《しちじゅう》にして助《じょ》し、周人《しゅうひと》は百畝《ひゃっぽ》にして徹《てつ》す。其《そ》の実《じつ》は皆什《みなじゅう》の一《いち》なり。徹《てつ》とは、徹《てつ》なり。助《じょ》とは、藉《しゃ》なり。龍子曰《りゅうしいわ》く、地《ち》を治《おさ》むるは助《じょ》より善《よ》きは莫《な》く、貢《こう》より善《よ》からざるは莫《な》し、と。貢《こう》とは数《すう》歳《さい》の中《ちゅう》を校《こう》して以《もっ》て常《つね》と為《な》す。楽歳《らくさい》には粒米狼戻《りゅうまいろうれい》し、多《おお》く之《これ》を取《と》るも虐《ぎゃく》と為《な》さざるに、則《すなわ》ち寡《すくな》く之《これ》を取《と》る。凶年《きょうねん》には其《そ》の田《でん》に糞《つちか》いて足《た》らざるに、則《すなわ》ち必《かなら》ず盈《えい》を取《と》る。民《たみ》の父母《ふぼ》と為《な》りて、民《たみ》をして盻盻然《けいけいぜん》として、将《は》た終歳勤《しゅうさいきん》動《どう》するも、以《もっ》て其《そ》の父母《ふぼ》を養《やしな》うを得《え》ざらしむ。又称貸《またしょうたい》して之《これ》を益《えき》し、老稚《ろうち》をして溝壑《こうがく》に転《てん》ぜしむ。悪《いずく》んぞ其《そ》の民《たみ》の父母《ふぼ》たるに在《あ》らんや。

◆(前略)夏后氏五十而貢、殷人七十而助、周人百畝而徹。其実皆什一也。徹者、徹也。助者、藉也。龍子曰、治㆑地莫㆑善㆓於助㆒、莫㆑不㆑善㆓於貢㆒。貢者校㆓数歳之中㆒以為㆑常。楽歳粒米狼戻、多取㆑之而不㆑為㆑虐、則寡取㆑之。凶年糞㆓其田㆒而不㆑足、則必取㆑盈焉。為㆓民父母㆒、使㆓民盻盻然、将終歳勤動、不㆑得㆔以養㆓其父母㆒。又称貸而益㆑之、使㆔老稚転㆓乎溝壑㆒。悪在㆔其為㆓民父母㆒也。

(前略)

(孟子《もうし》は言った)夏王朝《かおうちょう》は一家に五十畝《ごじっぽ》を授けて貢法《こうほう》という税制を行ないました。殷王朝《いんおうちょう》は七十畝《しちじっぽ》を授けて助法《じょほう》という税制を行《おこ》ないました。周王朝《しゅうおうちょう》は百畝《ひゃっぽ》を授けて徹法《てつほう》という税制を行《おこ》ないました。その中身は皆十分の一を徴税《ちょうぜい》するというものです。「徹《てつ》」とは、二種の税制を通用することで、「助《じょ》」とは、民の力を借りて公田を耕作させることです。

古《いにしえ》の賢者龍子《りゅうし》は、『土地を治《おさ》めるには助法よりよい税制はなく、貢法よりよくない税制はない』と言っています。貢法とは、数年の収穫を計算して、その平均を出してそこに課税するものです。豊作の年には穀物が地面にちらかる程あり、多く徴税《ちょうぜい》しても民を虐《しいた》げることにはならないのに、少なく徴税します。凶作《きょうさく》の年には、田畑に土を足しても食べていくのに足る十分な収穫が得られないのに、必ず満額《まんがく》徴税します。

民の父母ともいうべき君主の位にありながら、民衆に君主を恨《うら》むようにさせ、一年中苦労しても父母を養うこともできない状況に追いこみ、お金を貸し付け利《り》息《そく》をとって、老人や子供の死体が道端《みちばた》の溝《みぞ》に転がっているような状況に追いこむ、これがどうして民の父母のやることといえるでしょうか。

夫《そ》れ禄《ろく》を世《よ》にするは、滕固《とうもと》より之《これ》を行《おこ》なう。詩《し》に云《い》えらく、我《わ》が公田《こうでん》に雨《あめ》ふり、遂《つい》に我《わ》が私《し》に及《およ》ぶ、と。惟助《ただじょ》のみに公田有《こうでんあ》りと為《な》す。此《こ》れに由《よ》りて之《これ》を観《み》れば、周《しゅう》と雖《いえど》も亦助《またじょ》するなり。庠《しょう》・序《じょ》・学《がく》・校《こう》を設《もう》け為《な》して以《もっ》て之《これ》を教《おし》う。庠《しょう》とは、養《よう》なり。校《こう》とは、教《きょう》なり。序《じょ》とは、射《しゃ》なり。夏《か》に校《こう》と曰《い》い、殷《いん》に序《じょ》と曰《い》い、周《しゅう》に庠《しょう》と曰《い》い、学《がく》は則《すなわ》ち三代之《さんだいこれ》を共《とも》にす。皆人倫《みなじんりん》を明《あき》らかにする所以《ゆえん》なり。人倫上《じんりんかみ》に明《あき》らかにして、小民下《しょうみんしも》に親《した》しむ。王者《おうじゃ》起《おこ》る有《あ》れば、必《かなら》ず来《きた》りて法《ほう》を取《と》らん。是《こ》れ王者《おうじゃ》の師《し》と為《な》るなり。詩《し》に云《い》えらく、周《しゅう》は旧邦《きゅうほう》と雖《いえど》も、其《そ》の命惟《めいこ》れ新《あらた》なり、と。文王《ぶんおう》の謂《いい》なり。子力《しつと》めて之《これ》を行《おこ》なえば、亦以《またもっ》て子《し》の国《くに》を新《あらた》にせん、と。

◆夫世レ禄、滕固行レ之矣。詩云、雨二我公田一、遂及二我私一。惟助為レ有二公田一。由レ此観レ之、雖レ周亦助也。設二為庠序学校一以教レ之。庠者、養也。校者、教也。序者、射也。夏曰レ校、殷曰レ序、周曰レ庠、学則三代共レ之。皆所三以明二人倫一也。人倫明二於上一、小民親二於下一。有二王者起一、必来取レ法。是為二王者師一也。

詩云、周雖㆓旧邦㆒、其命惟新。文王之謂也。子力行㆑之、亦以新㆓子之国㆒。

臣下に世襲《せしゅう》で禄《ろく》を与《あた》えることは、滕国《とうこく》ではもうこれを行なっております。『詩経』に、『公田《こうでん》に雨が降り、ついに私田《しでん》に及んだ』とあります。公田があるのは助法《じょほう》だけですから、ここから考えれば、周王朝も助法を用いていたのでしょう。

また、夏《か》・殷《いん》・周《しゅう》の三代では、庠《しょう》・序《じょ》・学《がく》・校《こう》を設けて民衆を教育しました。「庠《しょう》」とは、老人を養い敬《うやま》う精神を教えるという意味で、「校《こう》」とは、民に教えるという意味で、「序《じょ》」とは、射《しゃ》の礼を教えるという意味です。夏王朝は「校《こう》」といい、殷王朝は「序《じょ》」といい、周王朝は「庠《しょう》」といいます。「学《がく》」とは国都《こくと》の学校で三代共通の名です。これらの目的は皆、〔父子の親《しん》・君子の義・夫婦の別・長幼の序・朋友の信といった〕人間関係上の道徳を教えることでした。

上にある者が人間関係上の道徳を身に付けるようになれば、民衆はそれに感化され互いに親しむようになります。徳を備えた王者が現れれば、必ず滕《とう》に来てこのような政治を手本とするでしょう。『詩経』に、『周《しゅう》は古い国だが、また新《あら》たに天命《てんめい》を受けている』とあります。これは文王《ぶんおう》のことです。あなたも努《つと》めてこのような政治を行なえば、あなたの国を一新することができるでしょう」。

畢戦《ひっせん》をして井地《せいち》を問《と》わしむ。孟子《もうし》曰《いわ》く、子《し》の君将《くんまさ》に仁政《じんせい》を行《おこ》なわんとし、選択《せんたく》して子《し》にせしむ。子《し》必《かなら》ず之《これ》を勉《つと》めよ。夫《そ》れ仁政《じんせい》は、必《かなら》ず経界《けいかい》より始《はじ》む。経界正《けいかいただ》しからざれば、井地均《せいちひと》しからず、穀禄平《こくろくたいら》かならず。是《こ》の故《ゆえ》に暴君汙《ぼうくんお》吏《り》は、必《かなら》ず其《そ》の経界《けいかい》を慢《まん》にす。経界既《けいかいすで》に正《ただ》しければ、田《でん》を分《わか》ち禄《ろく》を制《せい》すること、坐《ざ》して定《さだ》むべし。夫《そ》れ滕《とう》は壌地褊小《じょうちへんしょう》なれども、将《は》た君子《くんし》たり、将《は》た野人《やじん》たり。君子無《くんしな》ければ野人《やじん》を治《おさ》むる莫《な》し。野人無《やじんな》ければ君子《くんし》を養《やしな》う莫《な》し。請《こ》う、野《や》は九《きゅう》に一《いち》にして助《じょ》し、国中《こくちゅう》は什《じゅう》に一《いち》にして自《みずか》ら賦《ふ》せしめん。卿以《けいい》下《か》には必《かなら》ず圭田有《けいでんあ》り。圭田《けいでん》は五十畝《ごじっぽ》、余夫《よふ》は二十五畝《にじゅうごほ》。死徙《しし》郷《きょう》を出《い》ずる無《な》く、郷田《きょうでん》は井《せい》を同《おな》じうし、出入《しゅつにゅう》相友《あいとも》とし、守望相助《しゅぼうあいたす》け、疾病相扶持《しっぺいあいふち》すれば、則《すなわ》ち百姓《ひやくせい》親睦《しんぼく》せん。方里《ほうり》にして井《せい》す。井《せい》は九百畝《きゆうひやつぽ》、其《そ》の中《うち》を公田《こうでん》と為《な》す。八家《はちか》皆《みな》百畝《ひやつぽ》を私《わたくし》し、同《おな》じく公田《こうでん》を養《やしな》う。公事《こうじ》畢《おわ》りて、然《しか》る後《のち》に敢《あえ》て私事《しじ》を治《おさ》む。野人《やじん》を別《わか》つ所以《ゆえん》なり。此《こ》れ其《そ》の大略《たいりやく》なり。若《も》し夫《そ》れ之《これ》を潤沢《じゆんたく》するは、則《すなわ》ち君《くん》と子《し》とに在《あ》り、と。

◆使二畢戦問二井地一。孟子曰、子之君将レ行二仁政一、選択而使レ子。子必勉レ之。夫仁政必自二経界一始。経界不レ正、井地不レ均、穀禄不レ平。是故暴君汙吏、必慢二其経界一。経界既正、分レ田制レ禄、可二坐而定一也。夫滕壌地褊小、将為二君子一焉、将為二野人一焉。無二君子一莫レ治二野人一、無二野人一莫レ養二君子一。請、野九一而助、国中什一使二自賦一。卿以下必有二圭田一。圭田五十畝、余夫二十五畝。死徙無レ出レ郷、郷田同レ井、出入相友、守望相助、疾病相扶持、則百姓親睦。方里而井。井九百畝、其中為二公田一。八家皆私二百畝一、同養二公田一。公事畢、然後敢治二私事一。所三以別二野人一也。此其大略也。若夫潤二沢之一、則在二君与一レ子矣。

文公《ぶんこう》は畢戦《ひっせん》に井田制《せいでんせい》について孟子《もうし》に質問させた。

孟子は言った。「あなたの主君は仁政《じんせい》を行《おこ》なおうとして、あなたを選んで井田の担当とされた。あなたは必ず努力しなさい。仁政は、必ず農地の区画整理から始まる。農地の区画整理が正しくなければ、井田は均等にならず、収穫も平等にならない。だから暴君や汚職役人は、必ず農地の区画整理をいいかげんにごまかす。農地の区画整理が正しければ、田畑の分配や俸禄《ほうろく》の制定は簡単に決めることができる。

滕国《とうこく》は土地は狭いが、役人もおり、農民もいる。役人がいなければ、農民を治《おさ》めるものがおらず、農民がいなければ、役人を養うことができない。どうか、〔周《しゅう》の徹法《てっぽう》のように二種の税制を併用して〕郊外では助法《じょほう》すなわち井田制を用いて九分の一の税をとり、城市《じょうし》では貢法《こうほう》を用いて収穫に十分の一の税をかけるようにしてほしい。

また卿《けい》以下、役人には必ず〔祭祀《さいし》の費用を賄《まかな》うための〕圭田《けいでん》を与える。圭田は五《ご》十畝《じっぽ》である。次男以下には二十五畝与える。〔井田制を実行して〕死者を埋葬するにも引っ越しするにも郷里を離れることがなく、一郷の田は八家が共同で耕し、出入りするにも親しく付き合い、盗賊を防ぎ見張るのも互いに協力し合い、病気の際は互いに助け合えば、民衆は親睦《しんぼく》するだろう。

井田制では、一里四方を一井《いっせい》とする。一井は九百畝《きゅうひゃっぽ》で、真ん中の区画を公田《こうでん》とする。八家がそれぞれ残りを百畝ずつ私有し、公田は共同で耕作する。公田での作業が終ってから私田《しでん》での作業を行なう。〔役人の俸禄となる〕公田を先にし、〔農民の収入となる〕私田を後にするのは、役人と農民とを区別するためである。これが井田制の大略《たいりやく》である。この〔先王の〕制度を実行するのは、文公とあなたとがやるべきことだ」。

❖　❖　❖　❖

孟子が民生《みんせい》の安定のために提出した重要な政策の一つが、井田制です。「恒産《こうさん》なくして恒心《こうしん》なし」というように、孟子は民衆が道徳性を発揮する基礎としての経済の役割を認めていました。商業が発展してきたとはいえ、当時の経済は農業生産を中心としたものでした。土地制度の改革は、民生を安定させるために第一に着手《ちゃくしゅ》せねばならない重要政策だったのです。

孟子は、これまで政治に関わった梁《りょう》や斉《せい》といった大国ではなかなか実行できなかった政策も、小国である滕《とう》では実行することができるだろうと考えました。そこで、この滕《とう》で自分の理想とする王道政治を実現するため、まず抜本的な土地制度改革を実行しようとしたのです。

その改革こそが井田制の導入で、内容は、①一里四方の土地を「井」の字型に九分割する。②九分割された中央の区画を公田とする。③周囲の八つの区画を私田として八家族に分配する。④公田は八家族共同で、私田は分配された家ごとに耕作する。⑤公田の収穫は租税として国に収め、私田の収穫は耕作者の収入とする、というものです。

これは、税収安定のための経済政策である一方で、八家を一組《ひとくみ》とする村落共同体の再構成という一面もあります。また、周王朝初期に行なわれていたとされる制度を参考にしており、古《いにしえ》の理想社会に復帰するという懐古《かいこ》的《てき》な意味も持っていました。

実際の政策としては理念的すぎたこともあり、現実にはうまく運用はされませんでしたが、後世、中国及び近隣諸国でも行なわれた均田制《きんでんせい》にその精神を見ることができます。

農本主義《のうほんしゅぎ》と分業《ぶんぎょう》（第4章）

神農《しんのう》の言《げん》を為《な》す者許行有《ものきょこうあ》り。楚《そ》より滕《とう》に之《ゆ》き、門《もん》に踵《いた》りて文公《ぶんこう》に告《つ》げて曰《いわ》く、遠方《えんぽう》の人《ひと》、君《くん》の仁政《じんせい》を行《おこ》なうを聞《き》く。願《ねが》わくば一廛《いってん》を受《う》けて氓《たみ》と為《な》らん、と。文公之《ぶんこうこれ》に処《ところ》を与《あた》う。其《そ》の徒《と》数十人《すうじゅうにん》、皆褐《みなかつ》を衣《き》、屨《くつ》を捆《う》ち席《むしろ》を織《お》り、以《もっ》て食《しょく》と為《な》す。陳良《ちんりょう》の徒《と》陳相《ちんしょう》と其《そ》の弟《おとうと》辛《しん》と、耒耜《らいし》を負《お》いて宋《そう》より滕《とう》に之《ゆ》き、曰《いわ》く、君《くん》の聖人《せいじん》の政《まつりごと》を行《おこ》なうを聞《き》く。是《こ》れ亦聖人《またせいじん》なり。願《ねが》わくば聖人《せいじん》の氓《たみ》と為《な》らん、と。陳相許行《ちんしょうきょこう》を見《み》て大《おお》いに悦《よろこ》び、尽《ことごと》く其《そ》の学《がく》を棄《す》てて学《まな》ぶ。

◆有下為二神農之言一者許行上。自レ楚之レ滕、踵レ門而告二文公一曰、遠方之人、聞三君行二仁政一。願受二一廛一而為レ氓。文公与二之処一。其徒数十人、皆衣レ褐、捆レ屨織レ席、以為レ食。陳良之徒陳相与二其弟辛一、負二耒耜一而自レ宋之レ滕、曰、聞三君行二聖人之政一。是亦聖人也。願為二聖人氓一。陳相見二許行一而大悦、尽棄二其学ニ而学焉。

古《いにしえ》の聖王神農氏《しんのうし》の言を説く許行《きょこう》という者がいた。楚《そ》から滕《とう》に行き、城門に至って文公《ぶんこう》に言った。「私は遠方から来た者で、王が〔井田制の〕仁政《じんせい》を行なっておられるとお聞きしました。ここで住居を授かって王の民となりたく存じます」。文公はこの者に住居を与《あた》えた。

その門弟は数十人で、皆そまつな毛布を着て、わらじを打ち、むしろを織り、それを〔売って〕食費としていた。

陳良《ちんりょう》の門弟である陳相《ちんしょう》とその弟の陳辛《ちんしん》とが、鋤《すき》を背負って宋《そう》から滕《とう》に来て言った。「王が聖人の政治を行《おこ》なっておられるとお聞きしました。では王もまた聖人ということです。聖人の民となりたいと存じます」。

陳相《ちんしょう》は許行《きょこう》に会って大変喜び、自分の〔今まで学んでいた儒教《じゅきょう》の〕学を棄てて許行の学を学んだ。

陳相孟子《ちんしようもうし》を見《み》、許行《きよこう》の言《げん》を道《い》いて曰《いわ》く、滕君《とうくん》は則《すなわ》ち誠《まこと》に賢君《けんくん》なり。然《しか》りと雖《いえど》も、未《いま》だ道《みち》を聞《き》かざるなり。賢者《けんじや》は民《たみ》と並《なら》び耕《たがや》して食《くら》い、饔飧《ようそん》して治《おさ》む。今滕《いまとう》に倉廩《そうりん》・府庫《ふこ》有《あ》り。則《すなわ》ち是《こ》れ民《たみ》を厲《や》ましめて以《もっ》て自《みずか》ら養《やしな》うなり。悪《いずく》んぞ賢《けん》なるを得《え》ん、と。孟子《もうし》曰《いわ》く、許子《きよし》は必《かなら》ず粟《ぞく》を種《う》えて後《のち》に食《くら》うか、と。曰《いわ》く、然《しか》り、と。許子《きよし》は必《かなら》ず布《ぬの》を織《お》りて後《のち》に衣《き》るか、と。曰《いわ》く、否《いな》。許子《きよし》は褐《かつ》を衣《き》る、と。許子《きよし》は冠《かん》するか、と。曰《いわ》く、冠《かん》す、と。曰《いわ》く、奚《なに》をか冠《かん》す、と。曰《いわ》く、素《そ》を冠《かん》す、と。曰《いわ》く、自《みずか》ら之《これ》を織《お》るか、と。曰《いわ》く、否《いな》。粟《ぞく》を以《もっ》て之《これ》に易《か》う、と。曰《いわ》く、許子《きよし》は奚為《なんす》れぞ自《みずか》ら織《お》らざる、と。曰《いわ》く、耕《たがや》すに害《がい》あり、と。曰《いわ》く、許子《きよし》は釜甑《ふそう》を以《もっ》て爨《かし》ぎ、鉄《てつ》を以《もっ》て耕《たがや》すか、と。曰《いわ》く、然《しか》り、と。自《みずか》ら之《これ》を為《つく》るか、と。曰《いわ》く、否《いな》。粟《ぞく》を以《もっ》て之《これ》に易《か》う、と。粟《ぞく》を以《もっ》て械器《かいき》に易《か》うる者《もの》、陶冶《とうや》を厲《や》ますと為《な》さず。陶冶《とうや》も亦其《またそ》の械器《かいき》を以《もっ》て粟《ぞく》に易《か》うる者《もの》、豈農夫《あにのうふ》を厲《や》ますと為《な》さんや。且《か》つ許子《きよし》何《なん》ぞ陶冶《とうや》を為《な》さざる。皆諸《みなこれ》を其《そ》の宮中《きゆうちゆう》に取《と》りて之《これ》を用《もち》うることを舍《や》めて、何為《なんす》れぞ紛紛然《ふんぷんぜん》として百工《ひゃっこう》と交易《こうえき》す。何《なに》ぞ許子《きょし》の煩《はん》を憚《はばか》らざるや、と。曰《いわ》く、百工《ひゃっこう》の事《こと》は、固《もと》より耕《たがや》し且《か》つ為《な》すべからざればなり、と。然《しか》らば則《すなわ》ち天下《てんか》を治《おさ》むること、独《ひと》り耕《たがや》し且《か》つ為《な》すべきか。大人《たいじん》の事《こと》有《あ》り、小人《しょうじん》の事《こと》有《あ》り。且《か》つ一人《いちにん》の身《み》にして、百工《ひゃっこう》の為《な》す所《ところ》備《そな》わる。如《も》し必《かなら》ず自《みずか》ら為《つく》りて後《のち》之《これ》を用《もち》うれば、是《こ》れ天下《てんか》を率《ひき》いて路《ろ》するなり。故《ゆえ》に曰《いわ》く、或《あるい》は心《こころ》を労《ろう》し、或《あるい》は力《ちから》を労《ろう》す、と。心《こころ》を労《ろう》する者《もの》は人《ひと》を治《おさ》め、力《ちから》を労《ろう》する者《もの》は人《ひと》に治《おさ》めらる。人《ひと》に治《おさ》めらるる者《もの》は人《ひと》を食《やしな》い、人《ひと》を治《おさ》むる者《もの》は人《ひと》に食《やしな》わる。天下《てんか》の通義《つうぎ》なり。

◆陳相見二孟子一、道二許行之言一曰、滕君則誠賢君也。雖レ然、未レ聞レ道也。賢者与レ民並耕而食、饔飧而治。今也滕有二倉廩府庫一。則是厲レ民而以自養也。悪得レ賢。孟子曰、許子必種レ粟而後食乎。曰、然。許子必織レ布而後衣乎。曰、否。許子衣レ褐。許子冠乎。曰、冠。曰、奚冠。曰、冠レ素。曰、自織レ之与。曰、否。以レ粟易レ之。曰、許子奚為不二自織一。曰、害二於耕一。曰、許子以二釜甑一爨、以レ鉄耕乎。曰、然。自為レ之与。曰、否。以レ粟易レ之。以レ粟

易二械器一者、不レ為レ厲二陶冶一。陶冶亦以二其械器一易レ粟者、豈為レ厲二農夫一哉。且許子何不レ為二陶冶一。舎下皆取二諸其宮中一而用上レ之、何為紛紛然与二百工一交易。何許子之不レ憚レ煩。曰、百工之事、固不レ可二耕且為一也。然則治二天下一、独可二耕且為一与。有二大人之事一、有二小人之事一。且一人之身、而百工之所レ為備。如必自為而後用レ之、是率二天下一而路也。故曰、或労レ心、或労レ力。労レ心者治レ人、労レ力者治二於人一。治二於人一者食レ人、治レ人者食二於人一。天下之通義也。

陳相《ちんしょう》は孟子《もうし》と会い、許行《きょこう》の言葉を伝えた。「滕《とう》の君主《くんしゅ》はたしかに賢君である。そうではあるが、まだ道を聞いたことがない。賢者は民衆と一緒に耕作してそれを食べ、自分自身で料理して、兼業で政治もするものだ。今、滕国《とうこく》には穀物用の倉も財貨用の蔵もある。ということは、民衆を苦しめ搾取《さくしゅ》することによって自分を養っているということだ。どうして賢君といえよう」。

孟子が訊《たず》ねた。「許先生は必ず自分で穀物を植えてそれを食べるのか」。

陳相「そうだ」。

孟子「許先生は必ず自分で布を織ってそれを着るのか」。
陳相「いや。許先生はそまつな毛布を着ている」。
孟子「許先生は冠《かんむり》をかぶるか」。
陳相「かぶる」。
孟子「何をかぶるのか」。
陳相「染色せず飾りのない冠をかぶっている」。
孟子「それは自分で織ったものか」。
陳相「いや。穀物と交換したのだ」。
孟子「許先生はどうして自分で織らないのか」。
陳相「耕作の邪魔になるからだ」。
孟子「許先生は鍋釜《なべかま》で食物を煮炊《にた》きし、鉄の鋤《すき》で田畑を耕すのか」。
陳相「そうだ」。
孟子「自分でそれらを作るのか」。
陳相「いや。穀物と交換するのだ」。

孟子「穀物を鍋釜と交換するのは、陶工《とうこう》や鍛冶屋《かじや》を苦しめることにはならない。陶工や鍛冶屋が自作の鍋釜を穀物と交換するのは、農夫を苦しめることになるだろうか〔いやならない〕。では許先生は〔耕作は自分ですべきだと主張するのに〕、どうして鍋釜は自分で作らないのか。道具を自宅で作ってそれを用いることをせず、どうしてわざわざいろんな職人たちと交易するのか。どうして許先生はその面倒を避けないのか」。

陳相「いろいろな職人仕事は、元来耕作の兼業でできるようなことではないからだ」。

孟子「それならば、天下を治めるということだけは、耕作の兼業でできると言うのか。〔世の中には身分に応じて分業があり、仕事には〕政治を執《と》る大人《たいじん》の仕事と、農工に従事する小人《しょうじん》の仕事というものがある。かつ、一人の身の周りには、さまざまな職人の仕事の成果が存在している。もし〔なんでも〕必ず自分で作ってそれを用いるようにさせたら、天下の人々を休む間もなく奔走《ほんそう》させることになる。

だから、『精神労働する人がおり、肉体労働する人がいる』というのだ。精神労働に従事する者は人を治め、肉体労働に従事する者は人に治められる。人に治められる肉体労働者は〔生産・納税によって〕精神労働者を養い、人を治める精神労働者は〔税金から報酬《ほうしゅう》を受けることによって〕肉体労働者に養われる。これは天下不変の道理である」。

（中略）

許子《きょし》の道《みち》に従《したが》えば、則《すなわ》ち市賈弐《しかじ》せず、国中《こくちゅう》偽《いつわり》無《な》し。五尺《ごしゃく》の童《わらわ》をして市《いち》に適《ゆ》かしむと雖《いえど》も、之《これ》を欺《あざむ》く或《あ》る莫《な》し。布帛《ふはく》の長短《ちょうたん》同《おな》じければ、則《すなわ》ち賈相《あたいあい》若《し》く。麻縷絲絮《まるしじょ》の軽重《けいちょう》同《おな》じければ、則《すなわ》ち賈相若《あたいあいし》く。五穀《ごこく》の多寡《たか》同《おな》じければ、則《すなわ》ち賈相若《あたいあいし》く。屨《くつ》の大小《だいしょう》同《おな》じければ、則《すなわ》ち賈相若《あたいあいし》く。曰《いわ》く、夫《そ》れ物《もの》の斉《ひと》しからざるは、物《もの》の情《せい》なり。或《あるい》は相倍蓰《あいばいし》し、或《あるい》は相什百《あいじゅうひゃく》し、或《あるい》は相千万《あいせんまん》す。子比《しじ》して之《これ》を同《おな》じうす。是《こ》れ天下《てんか》を乱《みだ》すなり。巨屨《きょく》・小屨《しょうく》賈《あたい》を同《おな》じうすれば、人豈之《ひとあにこれ》を為《つく》らんや。許子《きょし》の道《みち》に従《したが》うは、相率《あいひき》いて国中《こくちゅう》偽《いつわり》を為《な》す者《もの》なり。悪《いずく》んぞ能《よ》く国家《こっか》を治《おさ》めん、と。

◆（中略）従二許子之道一、則市賈不レ弐、国中無レ偽。雖レ使二五尺之童適レ市、莫二之或一レ欺。布帛長短同、則賈相若。麻縷絲絮軽重同、則賈相若。五穀多寡同、則賈相若。屨大小同、則賈相若。曰、夫物之不レ斉、物之情也。或相倍蓰、或相什百、或相千万。子比而同レ之。是乱二天下一也。巨屨小屨同レ賈、人豈為レ之哉。従二許子之道一、相率而為レ偽者也。悪能治二国家一。

（中略）

陳相《ちんしょう》「許先生の説に従えば、物価は統一され、国中に偽《いつわ》りを行なうものはいなくなる。背《せ》丈《たけ》五尺《ごしゃく》ほどの小さな子供を市場《いちば》に買い物に行かせたとしても、この子を騙《だま》すものはいない。布は長さが同じであれば、値段も同じ。糸は重さが同じであれば、値段も同じ。五穀《ごこく》は量が同じであれば、値段も同じ。くつは大きさが同じであれば、値段も同じなのだ」。

孟子「物に品質の違いがあるのは、〔大きさの違いがあるのと同じで〕物としての本質というものだ。だから値段も、あるいは二倍五倍となり、あるいは十倍百倍となり、あるいは千倍万倍となる。あなたはこれらを同列に並べている。これは天下を乱すことになる。大きなくつと小さなくつとを同じ値段としたら、人はどうして大きなくつを作るだろうか〔それと同じで品質の違いを無視して全て同価格とすれば、質のよい品物を作る者はいなくなる〕。許先生の説に従うのは、天下の人に偽りを行なわせることだ。どうして国家を治めることなどできるだろう」。

❖❖❖❖

孟子が井田制を勧めてから、滕《とう》の文公《ぶんこう》は仁政《じんせい》を布《し》いていると評判になり、多くの思想家が滕に集まって来たようです。その中の一人が、諸子百家《しょしひゃっか》の一つである農家の許行《きょこう》でした。三皇五《さんこうご》帝《てい》の一人である「神農《しんのう》」は、農業と医薬とを人に教えたという伝説上の帝王で、農家の祖とされました。農家は分業を否定し、あらゆる人間は自ら耕作《こうさく》して食糧を生産せよ、という農本主義《のうほんしゅぎ》的《てき》な主張を唱えました。また、同一商品は同一価格にするよう、分配や流通を国家が統制するといった経済政策も唱えたようです。

現代に生きる我々は、資源の再分配を市場《しじょう》の価格調整メカニズムに任せず、国家による物価統制や計画経済によって果たそうという考えが、全世界を巻き込んだ壮大な社会実験のあげく失敗に終わったことを知っています。しかし、この説は当時かなりの説得力を持っていたと見え、許行に出会った陳相らは、それまで学んでいた儒教を棄て、許行に師事したほどでした。

孟子はここで、許行の用いているさまざまなものを採り上げ、一つ一つ自分の手で製作しているのかを問うてこれに反論します。原始共産制の小村落《しょうそんらく》ならいざしらず、小国とはいえ国の規模を持つ滕国《とうこく》において、分業化は避け得ないものだからです。

分業はある種の階級や身分の固定を生みます。孟子が人間を「心《こころ》を労《ろう》する者《もの》（精神労働に携《たずさ》わる者）」と「力《ちから》を労する者（肉体労働に携わる者）」とに分けて、前者を統治者、後者を被治者に分類したのはその現《あらわ》れです。

孟子は現実的な視点を持ち、各人における職分の差異を認めていました。ですから、自身の念願である民生の安定についても、それを民衆に向かって語るのではなく、あくまで政治主体である君主に向かって説いているのです。

■コラム　遊説家の境遇

遊説家《ゆうぜいか》の境遇・状況は本当にさまざまでした。『孟子』滕文公《とうぶんこう》上篇に言及される陳相《ちんしょう》・陳辛《ちんしん》兄弟は、「自《みずか》ら鋤《すき》を背負って」移動していたとあります。斉《せい》の王族である孟嘗君《もうしょうくん》の食客となり、後に大活躍した馮驩《ふうかん》という人物は、孟嘗君を訪ねた当初、三等宿舎に入れられたため、「我が長剣よ帰ろうか。食事に魚がつかない」と歌い、二等宿舎に移してもらうと、今度は、「我が長剣よ帰ろうか。外出時に乗り物がない」と歌い、一等宿舎に移してもらうと、「我が長剣よ帰ろうか。家が持てない」と歌ったというエピソードが残っています（『史記《しき》』孟嘗君列伝《もうしょうくんれつでん》・『戦国策《せんごくさく》』斉策《せいさく》）。

孟子は遊説中もかなり豪勢な行列で諸国を旅していたようです。「（先生は）後ろに数十台の車を列《つら》ね、従者を数百人引き連れて諸侯を遊説しておられます。これは分に過ぎたことではないでしょうか」（滕文公下）と、弟子から苦言を呈《てい》されているほどです。

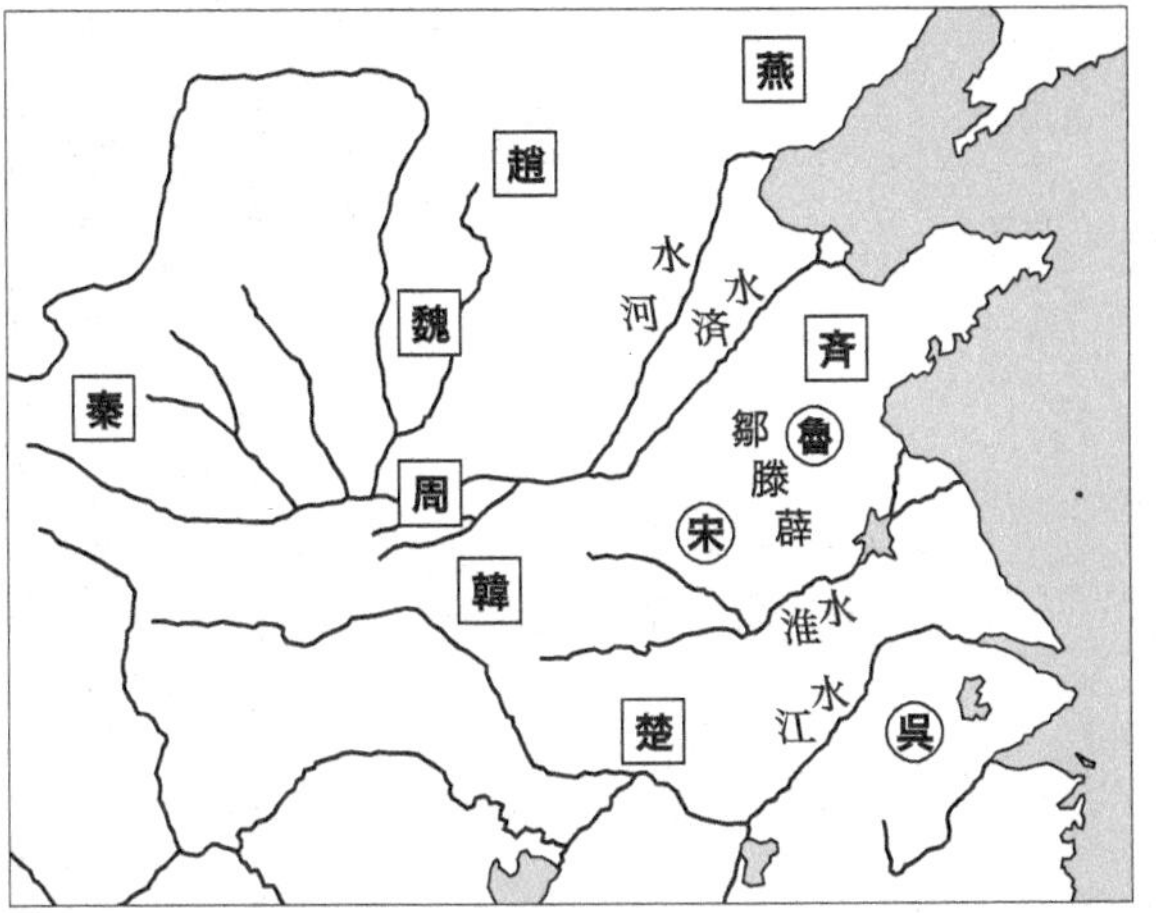

孟子関係地図

外交のプロとして各国の外交政策を担った縦横家《しょうおうか》は、成功すればその報酬《ほうしゅう》は極《きわ》めて大きなものでした。戦国時代末期、戦国《せんごく》七雄《しちゆう》のうちで秦《しん》だけが飛び抜けて強大化しました。その際、張《ちょう》儀《ぎ》は残りの六ヶ国（楚《そ》・斉《せい》・燕《えん》・趙《ちょう》・魏《ぎ》・韓《かん》）がそれぞれ秦《しん》と同盟を結んで安全を確保すべきだという連衡策《れんこうさく》を唱え、秦《しん》の宰相《さいしょう》となりました。また蘇《そ》秦《しん》は、秦に対し残りの六ヶ国が同盟して対抗しようという合従策《がっしょうさく》を唱え、なんと六ヶ国共通の宰相となったといいます。

彼ら諸子百家のさまざまな思想が出現・発展したことを「百花斉放《ひやつかせいほう》」、また、彼らが互いに討論したり問答したりした思想界のありさまを「百家争鳴《ひやつかそうめい》」と呼んでいます。

6 滕《とう》文《ぶん》公《こう》下

全一〇章。弟子を含むさまざまな国の人との問答です。

善《ぜん》は急《いそ》げ（第8章）

戴盈之《たいえいし》曰《いわ》く、什一《じゅういち》にして、関市《かんし》の征《せい》を去《さ》るは、今茲《ことし》は未《いま》だ能《あた》わず。請《こ》う之《これ》を軽《かる》くして、以《もっ》て来年《らいねん》を待《ま》ち、然《しか》る後《のち》に已《や》めん。何如《いかん》、と。孟子《もうし》曰《いわ》く、今人《いまひと》の日《ひ》に其《そ》の隣《となり》の鶏《にわとり》を攘《ぬす》む者有《ものあ》り。或《ある》ひと之《これ》に告《つ》げて曰《いわ》く、是《こ》れ君子《くんし》の道《みち》に非《あら》ず、と。曰《いわ》く、請《こ》う之《これ》を損《そん》して、月《つき》に一鶏《いっけい》を攘《ぬす》み、以《もっ》て来年《らいねん》を待《ま》ちて、然《しか》る後《のち》に已《や》めん、と。如《も》し其《そ》の義《ぎ》に非《あら》ざるを知《し》れば、斯《ここ》に速《すみ》やかに已《や》めん。何《なん》ぞ来年《らいねん》を待《ま》たん、と。

◆戴盈之曰、什一、去二関市之征一、今茲未レ能。請軽レ之、以待二来年一、然後已。何如。孟子曰、今有下人日攘二其隣之鶏一者上。或告レ之曰、是非二君子之道一。曰、請損レ之、月攘二一鶏一、以待二来年一、然後已。如知二其非一レ義、斯速已矣。何待二来年一。

宋《そう》の大夫《たいふ》である戴盈之《たいえいし》が言った。「〔あなたの提案する井田制の〕十分の一の税を導入して、商業に関する税を廃止することは、今年中にはできない。今年は商業税の税率を軽くして、来年になるのを待ち、その後で廃止するというのはどうだろうか」。

孟子が言った。「今、毎日隣の家の鶏を盗む者がいたとする。ある人がこの男に、『それは君子のする事ではない』と言うと、男は、『今年は盗む量を減らして月に一羽盗み、来年になるのを待ち、その後で盗みを止めよう』と言った。もしその行為が正しくないということを知ったなら、すぐに止めるべきだ。どうして来年を待つことがあるだろうか」。

❖ ❖ ❖ ❖

孟子は宋でも井田制《せいでんせい》を提言しました。戴盈之《たいえいし》の言《げん》は、孟子が井田制（十分の一の税）を実行するように主張したのに対し、すぐには行なえないため段階を踏んで行ないたい、といったものです。

孟子は鶏泥棒の例を持ち出し、これに反駁《はんばく》します。孟子の言いたいのは、鶏泥棒が改心するという譬《たと》えで、「正しいことは段階など踏まず、すぐさま完全に実行すべき」というテーゼに賛成するのであれば、井田制を実施するのにも同様のテーゼを認めるべきだ、ということです。相手の主張に対して、即座に巧みな譬え話を用いて反論・説得する孟子の弁論は見事なものです。

ただ孟子は「べき論」を振りかざすばかりで、実現性に対する配慮が全く見られません。井田制の実施は、国の土地制度の抜本的な変革であり、その実施の困難さは、鶏泥棒の改心の比ではないでしょう。鶏泥棒の改心と国家政策の変更とを同列に論じることはできません。このあたりが、孟子が「迂遠《うえん》にして事情《じじょう》に闊《うと》し（迂遠で実際の事情に疎《うと》い）」（『史記《しき》』孟子荀卿列伝《もうしじゅんけいれつでん》）といわれる理由でしょう。

弁論《べんろん》を用《もち》いる理由《りゆう》（第9章）

（前略）

世《よ》衰《おとろ》え道微《みちび》にして、邪説暴行有作《じゃせつぼうこうまたおこ》る。臣《しん》にして其《そ》の君《くん》を弑《しい》する者之有《ものこれあ》り、子《こ》にして其《そ》の父《ちち》を弑《しい》する者之《ものこれ》れ有《あ》り。孔子《こうし》懼《おそ》れて春秋《しゅんじゅう》を作る。春秋《しゅんじゅう》は天子《てんし》の事《こと》なり。是《こ》の故《ゆえ》に孔子《こうし》曰《いわ》く、我《われ》を知《し》る者《もの》は、其《そ》れ惟《ただ》春秋《しゅんじゅう》か。我《われ》を罪《つみ》する者《もの》は、其《そ》れ惟《ただ》春秋《しゅんじゅう》か、と。聖王作《せいおうおこ》らず、諸侯放恣《しょこうほうし》にして、処士横議《しょしおうぎ》し、楊朱《ようしゅ》・墨翟《ぼくてき》の言天下《げんてんか》に盈《み》つ。天下《てんか》の言《げん》、楊《よう》に帰《き》せざれば則《すなわ》ち墨《ぼく》に帰《き》す。楊《よう》氏《し》は我《わ》が為《ため》にす。是《こ》れ君《くん》を無《な》みするなり。墨氏《ぼくし》は兼愛《けんあい》す。是《こ》れ父《ちち》を無《な》みするなり。父《ちち》を無《な》みし君《くん》を無《な》みするは、是《こ》れ禽獣《きんじゅう》なり。公明儀《こうめいぎ》曰《いわ》く、庖《くりや》に肥《ひ》肉有《にくあ》り、廐《うまや》に肥馬《ひば》有《あ》り、民《たみ》に飢色有《きしょくあ》り、野《や》に餓莩有《がひょうあ》り。此《こ》れ獣《けもの》を率《ひき》いて人《ひと》を食《は》ましむるなり、と。楊《よう》・墨《ぼく》の道息《みちや》まざれば、孔子《こうし》の道著《みちあらわ》れず。是《こ》れ邪《じゃ》説民《せつたみ》を誣《し》い、仁義《じんぎ》を充塞《じゅうそく》するなり。仁義充塞《じんぎじゅうそく》すれば、則《すなわ》ち獣《けもの》を率《ひき》いて人《ひと》を食《は》ましめ、人将《ひとまさ》に相食《あいは》まんとす。吾此《われこ》れが為《ため》に懼《おそ》れ、先聖《せんせい》の道《みち》を閑《まも》り、楊《よう》・墨《ぼく》を距《ふせ》ぎ、淫辞《いんじ》を放《はな》ち、邪説《じゃせつ》の者作《ものおこ》るを得《え》ざらしむ。其《そ》の心《こころ》に作《おこ》れば、其《そ》の事《こと》に害《がい》あり、其《そ》の事《こと》に作《おこ》れば、其《そ》の政《まつりごと》に害《がい》あり。聖人復起《せいじんまたおこ》るも、吾《わ》が言《げん》を易《か》えざらん。

◆（前略）世衰道微、邪説暴行有作。臣弑二其君一者有レ之、子弑二其父一者有レ之。孔子懼作二春秋一。春秋天子之事也。是故孔子曰、知レ我者、其惟春秋乎。罪レ我者、其惟春秋乎。聖王不レ作、諸侯放恣、処士横議、楊朱墨翟之言盈二天下一。天下之言、不レ帰レ楊則帰レ墨。楊氏為レ我。是無レ君也。墨氏兼愛。是無レ父也。無レ父無レ君、是禽獣也。公明儀曰、庖有二肥肉一、廏有二肥馬一、民有二飢色一、野有二餓莩一。此率レ獣而食レ人也。楊墨之道不レ息、孔子之道不レ著。是邪説誣レ民、充二塞仁義一也。仁義充塞、則率レ獣食レ人、人将二相食一。吾為レ此懼、閑二先聖之道一、距二楊墨一、放二淫辞一、邪説者不レ得レ作。作二於其心一、害二於其事一、作二於其事一、害二於其政一。聖人復起、不レ易二吾言一矣。

（前略）

（「孟子は弁論を好む」という意見に対して、孟子が言った）〔周室東遷《しゅうしつとうせん》の後〕世の中が衰え、また邪説《じゃせつ》や暴力が行なわれるようになった。臣下であってその主君を殺す者、子であってその父親を殺す者が現れた。孔子《こうし》はこの有様《ありさま》を憂慮《ゆうりょ》され、歴史書『春秋《しゅんじゅう》』を編纂された。〔『春秋』は善《ぜん》を勧め悪を懲《こ》らすための書だが〕本来『春秋』のような書物を著《あらわ》すのは天子の職権である。だから孔子は、『私を理解してくれる者は、『春秋』によって理解するであろう。私を批判する者も、また『春秋』によって批判するであろう』と仰有《おつしゃ》ったのだ。今、聖王が現れず、諸侯《しょこう》は好き勝手に振《ふ》る舞《ま》っており、民は勝手な議論に明け暮れ、楊朱《ようしゅ》・墨翟《ぼくてき》の学説が天下に満《み》ち溢《あふ》れている。

天下で行なわれている学説は、楊朱《ようしゅ》のものでなければ墨翟のものだ。楊氏《ようし》の説は、あらゆる事を自分の為《ため》だけにするというものである。これは主君を無視し蔑《ないがし》ろにするものだ。墨氏《ぼくし》の説は、〔天下万民を完全に平等に愛するという〕兼愛《けんあい》説《せつ》である。これは父を無視し蔑ろにするものだ。父を無視し主君を無視するのは、禽獣《きんじゅう》の所業である。魯《ろ》の賢者公明儀《こうめいぎ》は、『厨房《ちゅうぼう》には肥えた肉があり、廏《うまや》には肥えた馬がいる。だが、民は飢え、野原には飢えて行き倒れた者がいる。これは獣《けもの》に人肉を喰わせているのと同じだ』と言っている。

楊朱・墨翟の学説が無くならなければ、孔子の学説は盛んにならない。これは邪説が民衆を騙し、仁義《じんぎ》の道が塞《ふさ》がれるということだ。私はこのことを憂慮《ゆうりょ》し、先聖の道を衛《まも》り、楊《よう》・墨《ぼく》の学説を排斥《はいせき》し、勝手な言葉を駆逐し、邪説《じゃせつ》を唱える者が現れないようにした。心《こころ》に邪説《じゃせつ》が生じると、行動に害がでる。行動に邪説が生じると、政治に害がでる。聖人がまた現れたとしても、私の言葉を〔必ず認めて〕変更したりはしないだろう。

昔者《むかし》禹《う》洪水《こうずい》を抑《とど》めて、天下《てんか》平《たいら》かなり。周公《しゅうこう》夷狄《いてき》を兼《か》ね、猛獣《もうじゅう》を駆《か》りて、

孔子（三才図会）

百姓寧《ひゃくせいやす》し。孔子《こうし》春秋《しゅんじゅう》を成《な》して、乱臣《らんしん》・賊子《ぞくし》懼《おそ》る。詩《し》に云《い》えらく、戎狄《じゅうてき》是《こ》れ膺《う》ち、荊舒《けいじょ》是《こ》れ懲《こ》らす。則《すなわ》ち我《われ》に敢《あ》えて承《あた》る莫《な》し、と。父《ちち》を無《な》みし君《くん》を無《な》みするは、是《こ》れ周公《しゅうこう》の膺《う》つ所《ところ》なり。我《われ》も亦人心《またじんしん》を正《ただ》し、邪説《じゃせつ》を息《や》め、詖行《ひこう》を距《ふせ》ぎ、淫辞《いんじ》を放《はな》ち、以《もっ》て三聖者《さんせいじゃ》を承《う》けんと欲《ほっ》す。豈弁《あにべん》を好《この》まんや。予已《われや》むを得《え》ざるなり。能《よ》く言《い》いて楊《よう》・墨《ぼく》を距《ふせ》ぐ者《もの》は、聖人《せいじん》の徒《と》なり、と。

◆昔者禹抑二洪水一、而天下平。周公兼二夷狄一、駆二猛獣一、而百姓寧。孔子成二春秋一、而乱臣賊子懼。詩云、戎狄是膺、荊舒是懲。則莫二我敢承一。無レ父無レ君、是周公所レ膺也。我亦欲下正二人心一、息二邪説一、距二詖行一、放二淫辞一、以承中三聖者上。豈好レ弁哉。予不レ得レ已也。能言距二楊墨一者、聖人之徒也。

昔、禹《う》が洪水を止《とど》めて、天下は平和になった。周公《しゅうこう》が夷狄《いてき》を併合し、猛獣を駆逐し、民衆は安全になった。孔子が『春秋』を編纂し、叛乱《はんらん》を起こす臣下や親を殺す子はこれを恐れた。『詩経《しきょう》』に、『戎狄《じゅうてき》（西方・北方の野蛮人）を撃ち、荊舒《けいじょ》（南方の従わない国）を懲《こ》らしめる。私に対抗する者はいない』とある。父を無視し君を無視する者は、周公《しゅうこう》が懲罰する者である。私も人心を正し、邪説を滅ぼし、かたよった行為を防ぎ、勝手な言葉を駆逐し、そうして禹・周公・孔子の三聖人の道を継ぎたいと思う。

私がどうして弁論を好むだろう。私はやむを得ず弁論を用いているのである。弁論によって楊・墨を排斥《はいせき》する者は、聖人の弟子である」。

❖　❖　❖　❖

「弁論を好む」と言われたことに対する孟子の反論です。孟子は自分が弁論を用いねばならない理由を、中国の歴史から説明します。

儒家は、古代中国には堯《ぎょう》・舜《しゅん》・禹《う》という聖天子の治めた理想的な時代があり、現代に向けてだんだんと時代の徳が衰えていったという一種の衰退史観をとります。孟子にとって当時は、「臣下であってその主君を殺す者、子であってその父親を殺す者が現れる」というような道徳の衰えきった時代なわけです。

さらに当時は、楊朱《ようしゅ》・墨翟《ぼくてき》（墨子《ぼくし》）といった孟子から見て異端の説が流行し、この両者が言論界を席巻《せっけん》していました。楊朱は、欲望を肯定し、個人の欲望を満たすことが自然のあり方だと考え、極端な個人主義（為我説《いがせつ》）を主張しました。墨子は、あらゆる人間に対して一切の差別のない愛をもって接すること（兼愛説《けんあいせつ》）を主張しました。人と社会との関係性に関する考え方として、互いに全く正反対だといえます。

これに対して儒家は、愛情に差等《さとう》を認めます。例えば、兄の子に対する愛情と隣の家の子に対するする愛情とは同じではないでしょう。このように、儒家は親しさの度合いに愛が比例すると考えました。つまり、最も親しい人、すなわち父母を最高とし、兄弟、家族、親族、同じ共同体に属する仲間、他の共同体に属する他人と、徐々《じょじょ》に愛は減っていくのです。ですから、まず自分に親しい親や家族に愛情を尽くし、その心を他人に推《お》し広《ひろ》げていくことが大切になります。孟子にとって、楊朱のように自分だけを愛することは認められませんし、墨子のように、自分の親も赤の他人も全く同じように愛することもまた認められません。

孟子は、衰えた世界に仁義を復活させ、聖天子の時代のような輝きを取り戻したいと考えていました。ゆえに舌鋒《ぜっぽう》鋭く楊朱・墨子を攻撃しつづけるのです。

7 離《り》婁《ろう》上

全二八章。ほとんどの章が問答体《もんどうたい》ではなく、「孟子曰《もうしいわく》」で始まる孟子の言葉を記したものです。また、一章の分量が比較的短いものが多くなっています。

自己反省《じこはんせい》のすすめ（第4章）

孟子曰《もうしいわ》く、人《ひと》を愛《あい》して親《した》しまれざれば、其《そ》の仁《じん》に反《かえ》る。人《ひと》を治《おさ》めて治《おさ》まらざれば、其《そ》の智《ち》に反《かえ》る。人《ひと》を礼《れい》して答《こた》えられざれば、其《そ》の敬《けい》に反《かえ》る。行《おこ》ないて得《え》ざる者有《ものあ》れば、皆諸《みなこれ》を己《おのれ》に反求《はんきゅう》す。其《そ》の身《み》正《ただ》しければ天下《てんか》之《これ》に帰《き》す。詩《し》に云《い》えらく、永《なが》く言《おも》いて命《めい》に配《はい》し、自《みずか》ら多《た》福《ふく》を求《もと》む、と。

◆孟子曰、愛レ人不レ親、反ニ其仁一。治レ人不レ治、反ニ其智一。礼レ人不レ答、反ニ其敬一。行有ニ不レ得者一、皆反ニ求諸己一。其身正而天下帰レ之。詩云、永言配レ命、自求ニ多福一。

孟子が言った。「人を愛してその人が自分に親しんでくれなければ、自分の仁《じん》を反省する。人を治《おさ》めてうまく治まらなければ、自分の智《ち》を反省する。人に礼《れい》を尽《つ》くしてその人が報《むく》いてくれなければ、自分の敬《けい》を反省する。自分が行動して思うような結果が得られなければ、自分を振り返って反省する。自分の身が正しければ、天下の人々は帰服《きふく》してくる。『詩経《しきょう》』に、『長く思案して天命に一致し、多くの幸福を求める』とある」。

❖ ❖ ❖ ❖

この章は自己反省を勧《すす》めています。人間は自分に不都合なことがあると、とかくその原因を自分以外の人に求めがちです。孟子はここで、何でも他人のせいにするのではなく、まず自分の心がけや行動を反省するよう述べています。

自己反省は儒教の推奨《すいしょう》するところで、離婁《りろう》下篇にも、「君子《くんし》は必《かなら》ず自《みずか》ら反《はん》するなり

（君子は必ず自分自身を反省する）」と、同様の趣旨が述べられていますし、「曾子《そうし》曰《いわ》く、吾《われ》日《ひ》に三《み》たび吾《わ》が身《み》を省《かえりみ》る。（曾子は言った、私は一日に何度も自分について反省する）」（『論語《ろんご》』学而《がくじ》）などともいわれます。

道《みち》は邇《ちか》きに在《あ》り（第11章）

孟子《もうし》曰《いわ》く、道《みち》は邇《ちか》きに在《あ》り。而《しか》るに諸《これ》を遠《とお》きに求《もと》む。事《こと》は易《やす》きに在《あ》り。而《しか》るに諸《これ》を難《かた》きに求《もと》む。人人《ひとびと》其《そ》の親《しん》を親《しん》とし、其《そ》の長《ちょう》を長《ちょう》として、天下《てんか》平《たいら》かなり、と。

◆孟子曰、道在レ邇。而求ニ諸遠一。事在レ易。而求ニ諸難一。人人親ニ其親一、長ニ其長一、而天下平。

孟子が言った。「道は近いところにあるのに、人は却《かえ》って遠いところに求める。事は容易なところにあるのに、人は却《かえ》って困難なところに求める。人々が、自身の親《おや》を親《おや》として愛し、年長者を年長者として尊敬すれば、天下は太平となるのである」。

❖ ❖ ❖ ❖

孟子にとって道や仁は、どこか遠くにある理想ではなく、自分が行なおうとしさえすれば行なうことのできる存在でした。この考えは『孟子』の各所に見え、「之《これ》を禦《とど》むる莫《な》くして不仁《ふじん》なるは、是《こ》れ不智《ふち》なり」（公孫丑上《こうそんちゆう》）などにも現れています。

また孟子は、天下の安定の根本は、自分の行ないを正しくすることにあると説きました。そうして、孟子の考える自分の身を修《おさ》める第一歩とは、ここにいう「親《しん》を親《しん》とす」「長《ちよう》を長《ちよう》とす」、つまり自分の親《おや》を親《おや》として敬愛し、年長者を年長者として尊重するという孝悌《こうてい》の道でした。

臨機応変《りんきおうへん》の対応《たいおう》（第17章）

淳于髡曰《じゆんうこんいわ》く、男女授受《だんじよじゆじゆ》するに親《みずか》らせざるは、礼《れい》か、と。孟子曰《もうしいわ》く、礼《れい》なり、と。曰《いわ》く、嫂《あによめ》溺《おぼ》るれば、則《すなわ》ち之《これ》を援《たす》くるに手《て》を以《もっ》てするか、と。曰《いわ》く、嫂《あによめ》溺《おぼ》れて援《たす》けざるは、是《こ》れ豺狼《さいろう》なり。男女授受《だんじょじゅじゅ》するに親《みずか》らせざるは、礼《れい》なり。嫂《あによめ》溺《おぼ》れ之《これ》を援《たす》くるに手《て》を以《もっ》てするは、権《けん》なり、と。曰《いわ》く、今天《いまてん》下《か》溺《おぼ》る。夫子《ふうし》の援《たす》けざるは、何《なん》ぞや、と。曰《いわ》く、天下《てんか》溺《おぼ》るれば、之《これ》を援《たす》くるに道《みち》を以《もっ》てす。嫂《あによめ》溺《おぼ》るれば、之《これ》を援《たす》くるに手《て》を以《もっ》てす。子《し》は手《て》もて天《てん》下《か》を援《たす》けんと欲《ほっ》するか、と。

◆淳于髠曰、男女授受不レ親、礼与。孟子曰、礼也。曰、嫂溺、則援レ之以レ手乎。曰、嫂溺不レ援、是豺狼也。男女授受不レ親、礼也。嫂溺援レ之以レ手者、権也。曰、今天下溺矣。夫子之不レ援、何也。曰、天下溺、援レ之以レ道。嫂溺、援レ之以レ手。子欲三手援二天下一乎。

淳于髠《じゅんうこん》が言った。「男女が物をやりとりする際、直接手から手へと渡さないのは、礼だろうか」。

孟子が言った。「礼だ」。

淳于髡「兄嫁《あによめ》が水に溺《おぼ》れている際は、直接手でつかんで助けるのか」。

孟子「兄嫁が溺れているのに助けないのは、獣《けだもの》の所業だ。男女が物をやりとりする際、直接手から手へと渡さないのは、礼だ。兄嫁が溺れている際に手でつかんで助けるのは、権《けん》（臨機《りんき》応変《おうへん》の対応）だ」。

淳于髡「今、〔天下は大いに乱れ〕天下の民は皆溺れているも同じだ。先生が助けようとしないのはなぜなのか」。

孟子「天下の民が溺れている際、これを助けるには正しい道というものがある。兄嫁が溺れている際は、〔非常時なので非常の手段を用い〕手でつかんで助ける。あなたは〔正しい道によらず非常の手段を用い〕手で天下の民を助けることを望むのか」。

❖　❖　❖　❖

斉《せい》の弁士《べんし》である淳于髡《じゅんうこん》と孟子との問答です。中国の礼では、男女が手を触れるのは非礼にあたるので、男女間で物をやりとりする際に手渡しはしません。では、兄嫁が溺れているときも手を触れてはいけないのか、というのが淳于髡の問いです。孟子は手を触れて助けてもよいと回答します。ここで淳于髠は孟子から、「非常時には普段の礼に違《たが》う特殊な対応をしても許される」との言質《げんち》を取ったわけです。そこで、「今は天下が大いに乱れている非常時であるから、あなたも迂遠《うえん》な王道ばかり主張せずに臨機応変に民衆を助けるべきではないか」と問い詰めます。

この問答に表れた「権《けん》」とは、儒教《じゆきよう》の考え方の一つです。「古今を貫《つらぬ》く不変の原則」を表す「経《けい》」に対して、「権」は「非常事態における例外的対応」を意味します。つまり、普段は原理原則（経）を正しく守って行動しなければなりませんが、非常時においてはその限りではなく、臨機応変の対応（権）が認められるのです。

ここで異性の例に挙げられている兄嫁は、家族内にいる血の繋《つな》がらない異性として、特に過《あやま》ちが起こることが危ぶまれる存在でした。三国時代の魏《ぎ》の曹操《そうそう》は、兄嫁と通じたり賄賂を取ったりするような人物でも優秀な人材であれば推挙するように、と布告《ふこく》しており、悪徳の代表例として、賄賂とともに兄嫁と関係することが挙げられています（『三国志《さんごくし》』巻一、魏書《ぎしよ》一、武帝紀《ぶていき》第一）。

人《ひと》の病《やまい》（第23章）

孟子《もうし》曰《いわ》く、人《ひと》の患《うれい》は、好《この》んで人《ひと》の師《し》と為《な》るに在《あ》り、と。

◆孟子曰、人之患、在㆔好為㆓人師㆒。

孟子が言った。「人の病《やまい》は、人の師となりたがるところにある」。

❖❖❖❖

孟子は尽心《じんしん》上篇において、君子の三つの楽しみの一つとして、「天下の英才を見出《みいだ》して教育すること」を挙げています。

しかし孟子はここで、人の師となりたがることを、人間の持つ問題点（患《うれい》）であると言います。この場合の「師」とは、教師や師匠というより、「他人の知らない知識や情報を伝える」くらいに考えるとよいでしょう。「他人の知らないことを自分が知っている」、これはかなり優越感をくすぐることです。「教える――教わる」という関係において、他人にものを教える側に立つというのは、元来気持ちのいいことだといえるのです。

この「気持ちよさ」が誤りの原因になります。

『荀子《じゅんし》』に、「小人《しょうじん》の学《がく》は、耳《みみ》より入《い》りて、口《くち》より出《い》づ。口耳《こうじ》の間《かん》は、則《すなわ》ち四寸《しすん》なれば、曷《なん》ぞ以《もっ》て七尺《しちしゃく》の軀《み》を美《び》とするに足《た》らんや（小人の学は耳から入ったものがすぐに口から出る。口の耳との間、たった四寸を通過しただけの学問がどうして七尺の体全体を立派にすることができようか）」（勧学《かんがく》）とあります。「教える」ことの楽しさから、ちゃんと理解する前に、聞いただけの知識を人に伝えてしまいがちだというわけです。

教育は君子の楽しみではありますが、気をつけなければ人の病《やまい》ともなりかねない難しい行為だといえるでしょう。

最大《さいだい》の親不孝《おやふこう》（第26章）

孟子《もうし》曰《いわ》く、不孝《ふこう》に三有《さんあ》り。後無《のちな》きを大《だい》なりと為《な》す。舜告《しゅんつ》げずして娶《めと》るは、後無《のちな》きが為《ため》なり。君子《くんし》以《もっ》て猶告《なおつ》ぐるがごとしと為《な》す、と。

◆孟子曰、不孝有レ三。無レ後為レ大。舜不レ告而娶、為レ無レ後也。君子以為レ猶レ告也。

孟子が言った。「不孝《ふこう》には三種類ある。その中で子孫を絶やすのが最も大きい不孝である。舜《しゅん》が親に報告せずに妻を娶《めと》ったのは、〔報告すると反対され結婚できず〕子孫が絶《た》えてしまうからである。だから君子は、報告したのと変らないとみなすのである」。

❖❖❖❖

親を敬愛《けいあい》し事《つか》えること、これを「敬愛父母《けいあいふぼ》」といいます。親孝行といえば、単にこうした親に対する態度や行動のことだと考えがちです。しかし儒教では、「敬愛父母」に、「祖先祭祀《そせんさいし》（祖先を敬《うやま》い祭る）」「子孫継嗣《しそんけいし》（子孫を続けていく）」を含め、これらを総合して孝《こう》といっています。祖先を敬い祭り（過去）、親を敬愛し事《つか》え（現在）、子孫を続けていく（未来）、この過去から未来へと続く血の連鎖を意識することこそが孝《こう》なのです。

子孫がいつまでも記憶し祭祀《さいし》を続けることにより、自分を含む祖先は、子孫の記憶の中で生き続けることができます。また、子孫は祖先の分身だと考えることもできますので、子孫が続く限り、自身も含めた祖先は形を変えて生き続けるともいえます。ですから、「無後《むご》（子孫がないこと）」は最大の不孝だといえるわけです。

以上がこの章の一般的な解釈ですが、江戸時代の儒者中井履軒《なかいりけん》はこの章に注して、「本人に子供がいなくても、兄弟にいれば問題ないではないか」と言っており（『孟子逢原《もうしほうげん》』当該章注）、その兄の中井竹山《なかいちくざん》は、「子供が生まれるかどうかは運命であって、結婚して子供が生まれないのは仕方が無いが、結婚しないのは〔子作りを放棄することで〕許されない。だからこれは結婚しない男性に対する意見だ」と言っています（『孟子断《もうしだん》』当該章注・『奠陰集《てんいんしゅう》』「不孝無後為大論《ふこうはむごをだいとなすのろん》」）。どちらも日中歴代の『孟子』解釈の中でも特徴的な解釈で、傾聴《けいちょう》に値《あたい》するといえるでしょう。舜《しゅん》が両親に報告せずに結婚したことについては、万章上篇《ばんしょう》に詳しい議論があります。

なお、あとの二つの不孝とは、「親に媚《こ》びへつらい〔どんな命令にでも従った結果〕、親を不義《ふぎ》に陥《おとしい》れてしまうこと」「家が貧乏で親が老いているのに働かないこと」とされています。

8 離《り》婁《ろう》下

全三三章。上篇同様、多くが短い孟子の言葉です。最後の一章のみ、寓話《ぐうわ》に孟子の論評が加えられた形式になっています。

臣下《しんか》の忠《ちゅう》は君主《くんしゅ》しだい（第3章）

孟子《もうし》斉《せい》の宣王《せんおう》に告《つ》げて曰《いわ》く、君《くん》の臣《しん》を視《み》ること手足《てあし》の如《ごと》くなれば、則《すなわ》ち臣《しん》の君《くん》を視《み》ること腹心《ふくしん》の如《ごと》し。君《くん》の臣《しん》を視《み》ること犬馬《けんば》の如《ごと》くなれば、則《すなわ》ち臣《しん》の君《くん》を視《み》ること国人《こくじん》の如《ごと》し。君《くん》の臣《しん》を視《み》ること土芥《どかい》の如《ごと》くなれば、則《すなわ》ち臣《しん》の君《くん》を視《み》ること寇讎《こうしゅう》の如《ごと》し、と。王曰《おういわ》く、礼《れい》に旧君《きゅうくん》の為《ため》に服《ふく》する有《あ》り。何如《いか》なれば斯《すなわ》ち為《ため》に服《ふく》すべきか、と。曰《いわ》く、諫行《いさめおこ》なわれ言聴《げんき》かれ、膏沢《こうたく》民《たみ》に下《くだ》る。故有《ゆえあ》りて去《さ》れば、則《すなわ》ち君人《くんひと》をして之《これ》を導《みちび》きて疆《さかい》を出《い》ださしめ、又《また》其《そ》の往《ゆ》く所《ところ》に先《さき》んず。去《さ》りて三年反《さんねんかえ》らず、然《しか》る後《のち》に其《そ》の田里《でんり》を収《おさ》む。此《こ》れを之三有礼《これさんゆうれい》と謂《い》う。此《かく》の如《ごと》くなれば則《すなわ》ち之《これ》が為《ため》に服《ふく》す。今《いま》や臣《しん》と為《な》りて、諫《いさめ》は則《すなわ》ち行《おこ》なわれず、言《げん》は則《すなわ》ち聴《き》かれず、膏沢《こうたく》は民《たみ》に下《くだ》らず。故有《ゆえあ》りて去《さ》れば、則《すなわ》ち君之《くんこれ》を搏執《はくしつ》し、又之《またこれ》を其《そ》の往《ゆ》く所《ところ》に極《きわ》め、去《さ》るの日《ひ》、遂《つい》に其《そ》の田里《でんり》を収《おさ》む。此《こ》れを之寇讎《これこうしゅう》と謂《い》う。寇讎《こうしゅう》には何《なん》の服《ふく》か之有《これあ》らん、と。

◆孟子告二斉宣王一曰、君之視レ臣如二手足一、則臣視レ君如二腹心一。君之視レ臣如二犬馬一、則臣視レ君如二国人一。君之視レ臣如二土芥一、則臣視レ君如二寇讎一。王曰、礼為二旧君一有レ服。何如斯可二為服一矣。曰、諫行言聴、膏沢下二於民一。有レ故而去、則君使二人導レ之出一レ疆、又先二於其所一レ往。去三年不レ反、然後収二其田里一。此之謂二三有礼一焉。如レ此則為レ之服矣。今也為レ臣、諫則不レ行、言則不レ聴、膏沢不レ下二於民一。有レ故而去、則君搏二執之一、又極二之於其所一レ往、去之日、遂収二其田里一。此之謂二寇讎一。寇讎何服之有。

孟子が斉《せい》の宣王《せんおう》に言った。「君主《くんしゅ》が臣下を見ること手足のようであれば、臣下は君主を見ること自分の腹や胸のようで、君主が臣下を見ること犬や馬のようであれば、臣下は君主を見ること無関係の路傍《ろぼう》の人のようで、君主が臣下を見ることと土や芥《あくた》（ごみ）のようであれば、臣下は君主を見ること仇敵《きゅうてき》のようになります」。

王が言った。「礼に、以前仕えた旧君《きゅうくん》のために喪《も》に服《ふく》する規定があるが、どのような状態なら旧君のために喪に服すべきであろうか」。

孟子「諫《いさ》めが聞き入れられ、進言が用いられ、その恩恵《おんけい》は民衆に及んでいる。〔臣下が〕理由があって君主のもとを去るときには、君主は人を送って国境まで護衛させ、行く先にも先に人を送って〔仕官できるよう図《はか》って〕やる。去って三年たっても帰国しなければ、やっとその臣下の土地家屋を接収《せっしゅう》する。これを三有《さんゆう》礼《れい》（礼の有る三つの行ない）といいます。〔昔はこのようであり〕このようであれば、〔君の下を去った臣下でも〕旧君のために喪に服します。

ところが今では、臣下となっても、諫めは聞き入れられず、進言は用いられず、恩恵は民衆に及びません。〔臣下が〕理由があって君主のもとを去るときには、君主は彼を捕縛《ほばく》し、行き先で困窮《こんきゅう》するよう仕向けます。去ったらすぐに土地家屋を没収します。これを仇敵といいます。仇敵のためにどんな喪に服すというのでしょうか〔服す必要などありません〕」。

❖　❖　❖　❖

孟子はここで、君臣関係とは、臣が君に対して一方的に忠誠をつくすだけのものではなく、君も臣に対して相応の礼遇《れいぐう》をせねばならないという双務的《そうむてき》な関係だと言明しています。君に値《あたい》しないような君には、臣もそれ相応の態度をとってよいのです。儒教経典の一つ『礼記《らいき》』にも、「三《み》たび諫《いさ》めて聴《き》かれざれば則《すなわ》ち之《これ》を逃《さ》る（三度諫めても聞き入れられなかったなら、その君主の下を去る）」（曲礼下《きょくらいか》）とあり、諫言《かんげん》を聞き入れない君主の下を去ることは認められていました。

このような、君臣関係を絶対視しない孟子の考え方は、君臣関係を乱すものと考えられることも多く、日本では本居宣長《もとおりのりなが》や太宰春台《だざいしゅんだい》などの江戸期の学者が強く非難しています。しかし、孟子が生きていたのは、多くの国が乱立する戦国時代で、一国で遇《ぐう》せられなかったのであれば、他の国に移ることが普通でした。

孟子のこの発言は、近世日本とはまた異なった社会情勢の下に発せられたものであることにも注意が必要でしょう。

親孝行《おやこうこう》は亡《な》き親《おや》にも（第13章）

孟子《もうし》曰《いわ》く、生《せい》を養《やしな》うは以《もつ》て大事《だいじ》に当《あ》つるに足《た》らず。惟《た》だ死《し》を送《おく》るは以《もつ》て大事《だいじ》に当《あ》つべし、と。

◆孟子曰、養㆑生者不㆑足㆔以当㆓大事㆒。惟送㆑死可㆔以当㆓大事㆒。

孟子が言った。「生前に親を養うのはそれほど大きな事ではない。ただ親の死を送る喪儀《そうぎ》をやりとげることは大きな事だといえる」。

❖❖❖❖

儒教《じゅきょう》においては、死せる親に対する喪儀《そうぎ》は、生ける親に対する態度行動と同様に孝《こう》の重要な部分とされます。「生《い》けるには之《これ》に事《つか》うるに礼《れい》を以《もっ》てし、死《し》すれば之《これ》を葬《ほうむ》るに礼《れい》を以《もっ》てし、之《これ》を祭《まつ》るに礼《れい》を以《もっ》てす（生きている親には礼に従って仕え、亡くなったら礼に従って葬り、礼に従って祭る）」（『論語』為政《いせい》）、「君子《くんし》、生《い》くれば則《すなわ》ち敬養《けいよう》し、死《し》すれば則《すなわ》ち敬享《けいきょう》す（君子は、親が生きていれば敬意をもって養い、親が亡くなれば敬意をもって祭る）」（『礼記《らいき》』祭義《さいぎ》）、「生《い》けるに事《つか》うるには愛敬《あいけい》し、死《し》せるに事《つか》うるには哀慼《あいせき》す（生きている親には愛敬を以て事え、亡くなった親には哀惜《あいせき》を以て事える）」（『孝経《こうきょう》』喪親章《そうしんしょう》）など、死せる親に対する孝についての言説は、儒家系文献に数多く見られます。

一方日本では、死について語ること、特に親の死について語ることは、「縁起が悪い」として嫌われる傾向にあります。例えば明経博士家《めいけいはかせけ》である清原家《きよはらけ》では、『孝経』を読む際にも、親の死について論じた喪親章《そうしんしょう》だけは読まなかったといいます。

水《みず》なるかな（第18章）

徐子《じょし》曰《いわ》く、仲尼亟《ちゅうじしば》しば水《みず》を称《しょう》して曰《いわ》く、水《みず》なるかな、水《みず》なるかな、と。

何《なに》をか水《みず》に取《と》るや、と。孟子《もうし》曰《いわ》く、原泉《げんせん》は混混《こんこん》として昼夜《ちゅうや》を舎《や》めず、科《あな》に盈《み》ちて後《のち》に進《すす》み、四海《しかい》に放《いた》る。本有《もとあ》る者《もの》は是《かく》の如《ごと》し。是《こ》れ之《これ》を取《と》るのみ。苟《いやしく》くも本無《もとな》しと為《な》せば、七八月《しちはちがつ》の間《あいだ》、雨集《あめあつ》まりて溝澮皆盈《こうかいみなみ》つるも、其《そ》の涸《か》るるや立《た》ちて待《ま》つべきなり。故《ゆえ》に声聞情《せいぶんじょう》に過《す》ぐるは、君子《くんし》之《これ》を恥《は》ず、と。

◆徐子曰、仲尼亟称二於水一曰、水哉、水哉。何取二於水一也。孟子曰、原泉混混不レ舎二昼夜一、盈レ科而後進、放二乎四海一。有レ本者如レ是。是之取爾。苟為レ無レ本、七八月之間、雨集溝澮皆盈、其涸也可二立而待一也。故声聞過レ情、君子恥レ之。

孟子の弟子の徐子《じょし》が言った。「孔子《こうし》はしばしば水を称賛して、『水なるかな、水なるかな』と仰有《おっしゃ》ったが、水のどのようなところを称賛されたのでしょうか」。孟子《もうし》は言った。「水源から滾滾《こんこん》と湧《わ》き出《だ》す水は、昼も夜も止むことなく、窪地《くぼち》があればそれを満たしてさらに流れ、海へと至る。本《もと》のあるものは、このように尽きることがない。孔子はこの点を取って称賛されたのである。もし水源がなければ、七八月の間は雨水が集まり大小の水路はみな水があふれたとしても、一旦雨が止むと立ちどころに涸《か》れて乾いてしまう。これと同じで、実際以上の名声《めいせい》というものは〔本《もと》がなくてすぐ涸れてしまうので〕、君子はこれを恥とするのである」。

❖ ❖ ❖ ❖

『論語』に「子《し》、川《かわ》の上《ほとり》に在《あ》りて曰《いわ》く、逝《ゆ》く者《もの》は斯《か》くの如《ごと》きか。昼夜《ちゅうや》を舎《や》めず（先生が川のほとりで仰有《おつしゃ》った。過《す》ぎ行《ゆ》く者はこのようであろうか。昼も夜も休まない）」（子罕《しかん》）とあり、「水《みず》なるかな、水《みず》なるかな」とはこの言葉を指したものだとされます。この言葉は、大きく分けて、川の流れを時の流れの比喩《ひゆ》として己の老いを嘆《なげ》いたものとする説と、川の流れが止むことのないように努力進歩してゆこうという思いを述べたものとする説との二種類の解釈がありますが、この章から見ると、孟子はこの言葉を積極的な意味に理解していたといえそうです。

水に関する思想でよく知られるのが『老子《ろうし》』です。「弱《じゃく》は強《きょう》に勝《まさ》り、柔《じゅう》は剛《ごう》に勝《まさ》る」（第七八章）というのは『老子』の基本思想の一つで、あらゆる器物《きぶつ》の形にその形を変え、しかも時に大災害をもたらすほど強力な水は、特に重んじられました。また、「上《じょう》善《ぜん》は水《みず》の若《ごと》し。水《みず》は善《よ》く万物《ばんぶつ》を利《り》して争《あらそ》わず。衆人《しゅうじん》の悪《にく》む所《ところ》に処《お》る。故《ゆえ》に道《みち》に幾《ちか》し（すぐれた善《ぜん》は水に似ている。水は万物を潤《うるお》して争わず、皆の嫌《いや》がるところにいる。だから道に近い）」（第八章）など、水の低地に集まる性質は、他人を優先して自分は人の嫌がるところにいるという謙虚な態度に擬《ぎ》せられ、道徳性の高さを象徴するものとされました。

私淑《ししゅく》（第22章）

孟子《もうし》曰《いわ》く、君子《くんし》の沢《たく》は五世《ごせい》にして斬《た》え、小人《しょうじん》の沢《たく》も五世《ごせい》にして斬《た》ゆ。予《われ》未《いま》だ孔子《こうし》の徒《と》たるを得《え》ざるなり。予《われ》私《ひそ》かに諸《これ》を人《ひと》に淑《よ》くするなり。

◆孟子曰、君子之沢五世而斬、小人之沢五世而斬。予未レ得レ為二孔子徒一也。
予私淑二諸人一也。

孟子が言った。「君子《くんし》の徳の影響は五世を経《へ》ると絶え、小人《しょうじん》の徳の影響も五世を経ると絶える。私は孔子《こうし》の門人となることはできなかったが、孔子の遺徳《いとく》を伝える人について間接的に学んで、ひそかに（個人的に）自分の身を善くすることができている」。

❖❖❖❖

「直接に教えは受けないが、個人的に尊敬し模範として学ぶこと」を「私淑《ししゅく》」といいますが、この章がその出典です。孔子が逝去してから孟子が生まれるまで、百年あまりの年月が経っており、当然孟子は直接孔子に学んだことはありません。孟子は、孔子の教えを孔子の孫である子思《しし》の徒に学んだと伝えられています。

後に唐代に至り、韓愈《かんゆ》は儒教の重んじる先王《せんおう》の道《みち》が、「堯《ぎょう》→舜《しゅん》→禹《う》→湯王《とうおう》→文王《ぶんおう》→武王《ぶおう》→周公《しゅうこう》→孔《こう》子《し》→子思《しし》→孟子《もうし》」と伝えられたと考えました。さらに宋《そう》代には、朱子《しゅし》がその後を続けて、「孟子→周敦《しゅうと》頤《んい》→程頤《ていい》・程顥《ていこう》→張載《ちょうさい》→朱熹《しゅき》（朱子）」との道統論《どうとうろん》

子思（三才図会）

を唱え、孟子は儒教の正統な学をうけつぐ本流の一人と考えられるようになりました。

人《ひと》を見抜《みぬ》く（第24章）

逢蒙射《ほうもうしゃ》を羿《げい》に学《まな》ぶ。羿《げい》の道《みち》を尽《つ》くし、思《おも》えらく、天下《てんか》惟羿《ただげい》のみ己《おのれ》に愈《まさ》ると為《な》す、と。是《ここ》に於《お》いて羿《げい》を殺《ころ》す。孟子《もうし》曰《いわ》く、是《こ》れ亦羿《またげい》も罪有《つみあ》り、と。公《こう》明儀《めいぎ》曰《いわ》く、宜《ほと》んど罪《つみ》無《な》きが若《ごと》し、と。曰《いわ》く、薄《うす》しと云《い》うのみ、悪《いずく》んぞ罪無《つみな》きを得《え》ん、と。鄭人《ていひと》子濯孺子《たくじゅし》をして衛《えい》を侵《おか》さしむ。衛庾公之斯《えいゆこうしし》をして之《これ》を追《お》わしむ。子濯孺子《したくじゅし》曰《いわ》く、今日我疾作《こんにちわれやまいおこ》り、以《もっ》て弓《ゆみ》を執《と》るべからず。吾死《われし》なんか、と。其《そ》の僕《ぼく》に問《と》いて曰《いわ》く、我《われ》を追《お》う者《もの》は誰《だれ》ぞや、と。其《そ》の僕曰《ぼくいわ》く、庾公之斯《ゆこうしし》なり、と。曰《いわ》く、吾生《われい》きん、と。其《そ》の僕曰《ぼくいわ》く、庾公之斯《ゆこうしし》は、衛《えい》の善《よ》く射《い》る者《もの》なり。夫子《ふうし》曰《いわ》く、吾生《われい》きん、と。何《なん》の謂《いい》ぞや、と。曰《いわ》く、庾公《ゆこう》之斯《しし》は射《しゃ》を尹公之他《いんこうした》に学《まな》ぶ。尹公之他《いんこうした》は射《しゃ》を我《われ》に学《まな》ぶ。夫《か》の尹公之他《いんこうした》は端《たん》人《じん》なり。其《そ》の友《とも》を取《と》ること必《かなら》ず端《たん》ならん、と。庾《ゆ》公之斯《こうしし》至《いた》りて曰《いわ》く、夫子《ふうし》何為《なんす》れぞ弓《ゆみ》を執《と》らざる、と。曰《いわ》く、今日我疾作《こんにちわれやまいおこ》り、以《もっ》て弓《ゆみ》を執《と》るべからず、と。曰《いわ》く、小人《しょうじん》は射《しゃ》を尹公之他《いんこうした》に学《まな》ぶ。尹公之他《いんこうした》は射《しゃ》を夫子《ふうし》に学《まな》ぶ。我夫《われふう》子《し》の道《みち》を以《もっ》て、反《かえ》って夫子《ふうし》を害《がい》するに忍《しの》びず。然《しか》りと雖《いえど》も、今日《こんにち》の事《こと》は君《くん》の事《こと》なり。我敢《われあえ》て廃《はい》せず、と。矢《や》を抽《ぬ》きて輪《わ》に叩《たた》き、其《そ》の金《かね》を去《さ》り、乗矢《じょうし》を発《はっ》して、而《しか》る後《のち》に反《かえ》る、と。

◆逢蒙学二射於羿一。尽二羿之道一、思、天下惟羿為レ愈レ己。於レ是殺レ羿。孟子曰、是亦羿有レ罪焉。公明儀曰、宜若レ無レ罪焉。曰、薄乎云爾、悪得レ無レ罪。鄭人使二子濯孺子侵一レ衛。衛使二庾公之斯追一レ之。子濯孺子曰、今日我疾作、不レ可二以執一レ弓。吾死矣夫。問二其僕一曰、追レ我者誰也。其僕曰、庾公之斯也。曰、吾生矣。其僕曰、庾公之斯、衛之善射者也。夫子曰、吾生。何謂也。曰、庾公之斯学二射於尹公之他一。尹公之他学二射於我一。夫尹公之他端人也。其取レ友必端矣。庾公之斯至曰、夫子何為不レ執レ弓。曰、今日我疾作、不レ可二以執一レ弓。曰、小人学二射於尹公之他一。尹公之他学二射於夫子一。我不レ忍下以二夫子之道一、反害中夫子上。雖レ然、今日之事君事也。我不二敢廃一。抽レ矢叩レ輪、去二其金一、発二乗矢一而後反。

逢蒙《ほうもう》が羿《げい》に弓術を学んだ。〔逢蒙は〕羿《げい》の術をすっかり修得《しゅうとく》すると、「天下で自分に勝《まさ》るのは羿のみだ」と考え、羿を殺した。

孟子は言った。「このことは羿にも罪がある。公明儀《こうめいぎ》は、『罪はほとんど無いようだ』と言ったが、罪が小さいというだけのことだ。どうして罪が無いことがあろうか。

〔例を挙げて説明しよう。昔〕鄭国《ていこく》は子濯孺子《したくじゅし》を衛国《えいこく》に侵攻させた。衛国は庾《ゆ》公之斯《こうしし》に子濯孺子を追撃《ついげき》させた。子濯孺子は、『今日、私は病気になり、弓を執《と》ることができない。私は死ぬだろう』と言った。御者《ぎょしゃ》に、『私を追う者は誰か』と問うと、御者は、『庾公之斯です』と答えた。すると子濯孺子は、『私は助かるだろう』と言った。御者は、『庾公之斯は衛国の名射手です。あなたが、『私は助かるだろう』と仰有《おっしゃ》るのはどうしてですか』と訊《たず》ねた。子濯孺子は、『庾公之斯は弓術《きゅうじゅつ》を尹公之他《いんこうした》に学んだ。尹公之他は弓術を私に学んだ。あの尹公之他は正しい人物であるから、彼が選んだ友や弟子は必ずや正しい人物であろう』と答えた。庾公之斯が追い着いて、『あなたはどうして弓を執らないのですか』と訊ねた。子濯孺子は、『今日私は病気になり、弓を執ることができないのです』と答えた。すると庾公之斯《ゆこうしし》は、『私は弓術を尹公之他に学びました。尹公之他は弓術をあなたに学びました。私はあなたの弓術であなたに危害を加えるに忍《しの》びません。しかし、今日の事は君《くん》の命《めい》による公事《こうじ》です。私はやめるわけにはいきません』と言って、矢を抜いて車輪に叩きつけて矢じりを取り去り、四本の矢じりのない矢を射《い》て、そのまま引き返した」。

❖　❖　❖　❖

羿《げい》は、神話伝説上の弓の名手です。子濯孺子《したくじゅし》も弓の名手で、両者は共に自分の技を弟子に伝えたのですが、その結果は大きく異なっていました。

子濯孺子は正しい人物（尹公之他《いんこうした》）を選んで技を伝えました。そして弟子の尹公之他もまた正しい人物を選んで技を伝えたため、子濯孺子の孫弟子にあたる庾公之斯《ゆこうしし》は師の師にあたる子濯孺子を殺しはしませんでした。羿は逢蒙《ほうもう》の人間性を見抜けず技を伝えてしまい、自分の伝えた技で殺されました。これが孟子のいう羿の「罪」です。孟子はこの譬《たと》え話《ばなし》で、正しい人間を選んで付き合わなければならないということを示しているのです。

なお、庾公之斯は子濯孺子を見逃したことになるわけですが、このことについては、後世、その人間性に対する共感と、私恩《しおん》のために公義《こうぎ》を曲げたという非難との相反する評価があります。

■コラム　羿《げい》

羿《げい》は神話伝説上の弓の名手で、『淮南子《えなんじ》』覧冥訓《らんめいくん》・『楚辞《そじ》』天問《てんもん》の王逸注《おういつちゅう》などに記述があります。

昔、天帝の十人の息子が太陽となり、毎日交代で地上を照らしていました。ところがある時、十の太陽が同時に昇るようになり、地上は灼熱地獄《しゃくねつじごく》と化し作物は全て枯《か》れてしまいました。そこで時の帝である堯《ぎょう》は、弓の名手の羿に対策を依頼しました。羿は当初話しあいで解決しようとしましたが、太陽らが応じなかったため、羿は太陽を九つ射落としました。

こうして地上は元の平穏《へいおん》を取り戻しました。羿はもともと不老不死で天界に住んでいたのですが、この事件によって天帝に怨まれ、妻の嫦娥《じょうが》ともども天界から地上に落とされ不老不死でなくなってしまいました。羿は悲しむ嫦娥のために崑《こん》崙山《ろんざん》に住む西王母《せいおうぼ》を訪ね、不老不死の薬をもらいます。しかし、その薬は一人分で、一人で全部飲めば不老不死になって天界へ帰れるが、二人で分けて飲むと不老不死になれるだけで天界へは帰れないというものでした。

羿（離騒図）

嫦娥はこっそり一人で薬を飲み天界に帰ろうとしましたが、その報《むく》いでヒキガエルになってしまいました。今でも月に見えるヒキガエルの影は嫦娥の変り果てた姿です。

地上に残された羿は、後に逢《ほう》

蒙《もう》を弟子として自分の弓の技を教えます。逢蒙は、自分の弓の技が羿に並ぶほど上達すると、羿さえ殺せば自分が天下一の名人になれると考え、羿を射殺してしまいます。

なお、十の太陽は三足烏《さんそくう》（三本足のカラス）の化身《けしん》ともされ、夜のあいだは東《とう》海《かい》のほとりにある扶桑樹《ふそうじゅ》に宿《やど》っていたとの伝説もあります。この三足烏《さんそくう》の伝説は日本に伝えられ、八咫烏《やたがらす》と同一視されるようになりました。

9 万《ばん》章《しょう》上

全九章。一章を除いて弟子の万章《ばんしょう》との問答です。内容は、堯舜《ぎょうしゅん》以下の古《いにしえ》の聖人や賢人の事蹟《じせき》や評価が中心です。

舜《しゅん》、父母《ふぼ》を慕《した》う（第1章）

万章問《ばんしょうと》いて曰《いわ》く、舜田《しゅんでん》に往《ゆ》き、旻天《びんてん》に号泣《ごうきゅう》す。何為《なんす》れぞ其《そ》れ号泣《ごうきゅう》するや、と。孟子曰《もうしいわ》く、怨慕《えんぼ》するなり、と。万章曰《ばんしょういわ》く、父母之《ふぼこれ》を愛《あい》せば、喜《よろこ》びて忘《わす》れず、父母之《ふぼこれ》を悪《にく》めば、労《ろう》して怨《うら》みず。然《しか》らば則《すなわ》ち舜《しゅん》は怨《うら》みたるか、と。長息《ちょうそくこうめいこう》公明高に問《と》いて曰《いわ》く、舜《しゅん》の田《でん》に往《ゆ》くは、則《すなわ》ち吾既《われすで》に命《めい》を聞《き》く曰《いわ》く、を得《え》たり。旻天《びんてん》に父母《ふぼ》に号泣《ごうきゅう》するは、則《すなわ》ち吾《われし》知らざるなり、と。公明高曰《こうめいこういわ》く、是《こ》れ爾《なんじ》の知《し》る所《ところ》に非《あら》ず、と。夫《そ》れ公明高孝子《こうめいこうこうし》の心《こころ》を以《もっ》て、是《かく》の若《ごと》く恝《かつ》ならずと為《な》す。我力《われちから》を竭《つ》くして田《でん》を耕《たがや》し、子《し》たるの職《しょく》を共《つつし》むのみ。父母《ふぼ》の我《われ》を愛《あい》せざる、我《われ》に於《お》いて何《なん》ぞや、と。

◆万章問曰、舜往二于田一、号二泣于旻天一。何為其号泣也。孟子曰、怨慕也。万章曰、父母愛レ之、喜而不レ忘、父母悪レ之、労而不レ怨。然則舜怨乎。曰、長息問二於公明高一曰、舜往二于田一、則吾既得レ聞レ命矣。号二泣于旻天于父母一、則吾不レ知也。公明高曰、是非二爾所レ知也。夫公明高以二孝子之心一、為レ不二若レ是恝一。我竭レ力耕レ田、共二為レ子職一而已矣。父母之不二我愛一、於レ我何哉。

万章《ばんしょう》が訊《たず》ねた。「舜《しゅん》が歴山《れきざん》で耕作していた時、田んぼに行っては天を仰《あお》いで号泣したと聞きます。どうして号泣したのでしょうか」。

孟子が答えた。「親に愛されないことをうらめしく残念に思い、また親を思い慕《した》ったのだ」。

万章「〔子は〕父母が自分を愛してくれれば喜んで忘れず、父母が自分を憎めば、労苦して怨みません。では、舜は〔父母を〕怨んだのですか」。
孟子「かつて長息《ちょうそく》という男がその師の公明高《こうめいこう》に、『舜が田に行ったことについては、既にお聞きしました。天を仰いで父母のために号泣した、というのは、知りませんでした』と言った。公明高は、『それはお前に分かることではない』と答えた。公明高は、孝子《こうし》の心《こころ》とは、愁《うれ》いのないものではないと考えたのだ。『自分は力を尽くして田んぼを耕し、子として慎《つつし》んで職務を果たすだけだ。父母が私を愛してくださらないのは、きっと私に何らかの罪があるからなのだ』」。

帝其《ていそ》の子《こ》九男二女《きゅうだんにじょ》をして、百官《ひゃっかん》・牛羊《ぎゅうよう》・倉廩《そうりん》を備《そな》え、以《もっ》て舜《しゅん》に畎畝《けんぽ》の中《なか》に事《つか》えしむ。天下《てんか》の士《し》之《これ》に就《つ》く者多《ものおお》し。帝将《ていまさ》に天下《てんか》を胥《み》て之《これ》に遷《うつ》さんとす。父母《ふぼ》に順《したが》われざるが為《ため》に、窮人《きゅうじん》の帰《き》する所無《ところな》きが如《ごと》し。天下《てんか》の士《し》之《これ》を悦《よろこ》ぶは人《ひと》の欲《ほっ》する所《ところ》なり。而《しか》れども以《もっ》て憂《うれい》を解《と》くに足《た》らず。好色《こうしょく》は人《ひと》の欲《ほっ》する所《ところ》なり。帝《てい》の二女《にじょ》を妻《つま》とす。而《しか》れども以《もっ》て憂《うれい》を解《と》くに足《た》らず。富《とみ》は人《ひと》の欲《ほっ》する所《ところ》なり。富天下《とみてんか》を有《たも》つ。而《しか》れども以《もっ》て憂《うれい》を解《と》くに足《た》らず。貴《とうと》きは人《ひと》の欲《ほっ》する所《ところ》なり。貴《とうと》きこと天子《てんし》たり。而《しか》れども以《もっ》て憂《うれい》を解《と》くに足《た》らず。人之《ひとこれ》を悦《よろこ》ぶも、好色《こうしょく》・富貴《ふうき》、以《もっ》て憂《うれい》を解《と》くに足《た》る者無《ものな》し。惟父母《ただふぼ》に順《したが》われて、以《もっ》て憂《うれい》を解《と》くべし。人少《ひとわか》ければ則《すなわ》ち父母《ふぼ》を慕《した》い、好色《こうしょく》を知《し》れば則《すなわ》ち少艾《しょうがい》を慕《した》い、妻子《さいし》有《あ》れば則《すなわ》ち妻子《さいし》を慕《した》い、仕《つか》うれば則《すなわ》ち君《くん》を慕《した》い、君《くん》に得《え》られざれば則《すなわ》ち熱中《ねっちゅう》す。大孝《だいこう》は終身父母《しゅうしんふぼ》を慕《した》う。五十《ごじゅう》にして慕《した》う者《もの》は、予大舜《われだいしゅん》に於《お》いて之《これ》を見《み》る、と。

◆帝使三其子九男二女、百官牛羊倉廩備一、以事二舜於畎畝之中一。天下之士多二就レ之者一。帝将下胥二天下一而遷上レ之焉。為レ不レ順二於父母一、如二窮人無一レ所レ帰。天下之士悦レ之人之所レ欲也。而不レ足二以解一レ憂。好色人之所レ欲。妻二帝之二女一。而不レ足二以解一レ憂。富人之所レ欲。富有二天下一。而不レ足二以解一レ憂。貴人之所レ欲。貴為二天子一。而不レ足二以解一レ憂。人悦レ之、好色富貴、無下足二以解一レ憂者上。惟順二於父母一、可二以解一レ憂。人少則慕二父母一、知二好色一則慕二少艾一、

有㆓妻子㆒則慕㆓妻子㆒、仕則慕㆑君、不㆑得㆓於君㆒則熱中。大孝終身慕㆓父母㆒。五十而慕者、予於㆓大舜㆒見㆑之矣。

堯帝《ぎょうてい》は、自分の九人の息子と二人の娘とに多くの役人・牛羊・倉庫を与《あた》えて、田んぼにいる舜《しゅん》に仕えさせた。天下の人士《じんし》は、舜に仕えようとする者が多かった。堯帝は、そのような天下の様子を視て、天下を舜に譲《ゆず》ろうとした。しかし舜は、父母に受け入れられていないために、まるで困窮《こんきゅう》して帰るところもない人のように悲しむだけであった。

　天下の人に愛されるのは、誰でも希望することである。〔舜は天下の人に愛された〕しかしそれでも舜の憂《うれ》いを解くには及ばなかった。女色《じょしょく》は誰でも希望するものである。舜は帝の二人の娘を妻とした。し

堯（石索）

かしそれでも憂いを解くには及ばなかった。富は誰でも希望するものである。舜は帝として天下全体を我がものとした。しかしそれでも憂いを解くには及ばなかった。貴い地位は誰でも希望するものである。舜の貴さは最上である天子となった。しかしそれでも憂いを解くには及ばなかった。人は皆これらのことを喜ぶものだが、女色《じょしょく》も富貴《ふうき》も、すべて舜の憂いを解くに足りるものはなかった。ただ父母に受け入れられることだけが舜の憂いを解けるのである。

一般の人情として、小さいころは父母を慕い、女色を好むようになれば美人を慕い、妻子ができれば妻子を慕い、君に仕えれば君を慕い、君に重用されなければ、焦って熱中する。大孝《だいこう》とは、終身父母を慕うことである。五十歳にして父母を慕う者は、私は大いなる舜にその例を見るのである」。

❖❖❖❖

万章《ばんしょう》は、「舜《しゅん》が大声を上げて泣いた」という伝承について訊《たず》ねています。孟子はこの問に「怨慕《えんぼ》」という言葉を用いて答えます。ここで孟子の言った「怨慕」は、「親に愛されない」ことをうらめしく思い、親を思い慕う」という意味で、「怨」は「うらめしい・なさけない・残念だ」といった気持ちにあたります。決して親を憎んで怨《うら》むという意味ではなかったのですが、万章はこの「怨」という部分を、「親を怨んだ」と誤解し、その意味を再度問います。孟子は、舜は民衆の信頼・美しい妻・天下の富・天子の位といった、人が望みとするあらゆるものを得たが、それでも、親に受け入れられない悲しみを癒《い》やせなかったと語ります。

ここで孟子は、一般の人は、年少の時は父母を慕って親孝行だが、成長するにつれて他者に興味が移り、孝《こう》が疎《おろそ》かになると指摘しています。「妻子を持つと孝を疎かにするようになる」という人間性に対する理解は、『荀子《じゅんし》』『説苑《ぜいえん》』『管子《かんし》』『文子《ぶんし》』『父母《ぶも》恩重《おんじゅう》経《きょう》』など『孟子』以外にも数多くの書物に散見しており、一般的なものであったようです。

儒教が孝を特に重要な徳目として、ことさら熱心に奨励《しょうれい》しなければならなかったのも、ここに一つの原因があります。

舜《しゅん》が無断《むだん》で結婚《けっこん》したわけ（第2章）

万章問《ばんしょうと》いて曰《いわ》く、詩《し》に云《い》えらく、妻《つま》を娶《めと》ること之《これ》を如何《いかん》せん。必《かなら》ず父母《ふぼ》に告《つ》ぐ、と。信《まこと》に斯《こ》の言《げん》ならば、宜《よろ》しく舜《しゅん》の如《ごと》くなること莫《な》かるべし。舜《しゅん》の告《つ》げずして娶《めと》るは、何《なん》ぞや、と。孟子曰《もうしいわ》く、告《つ》ぐれば則《すなわ》ち娶《めと》るを得《え》ず。男女室《だんじょしつ》に居《お》るは、人《ひと》の大倫《だいりん》なり。如《も》し告《つ》ぐれば、則《すなわ》ち人《ひと》の大倫《だいりん》を廃《はい》し、以《もっ》て父母《ふぼ》に懟《うら》みられん。是《こ》を以《もっ》て告《つ》げざるなり、と。万章曰《ばんしょういわ》く、舜《しゅん》の告《つ》げずして娶《めと》るは、則《すなわ》ち吾既《われすで》に命《めい》を聞《き》くを得《え》たり。帝《てい》の舜《しゅん》に妻《めあ》わして告《つ》げざるは、何《なん》ぞや、と。曰《いわ》く、帝《てい》も亦《また》告《つ》ぐれば則《すなわ》ち妻《めあ》わすを得《え》ざるを知《し》ればなり、と。万章曰《ばんしょういわ》く、父母舜《ふぼしゅん》をして廩《りん》を完《おさ》めしめ、階《はしご》を捐《さ》る。瞽瞍《こそう》廩《りん》を焚《や》く。井《せい》を浚《さら》わしむ。出《い》ず。従《したが》いて之《これ》を揜《おお》う。象曰《しょういわ》く、都君《とくん》を蓋《おお》うことを謨《はか》るは、咸《みな》我《わ》が績《いさお》なり。牛羊《ぎゅうよう》は父母《ふぼ》に、倉廩《そうりん》は父母《ふぼ》に、干戈《かんか》は朕《われ》に、琴《こと》は朕《われ》に、弤《てい》は朕《われ》に、二嫂《にそう》は朕《わ》が棲《せい》を治《おさ》めしめん、と。象往《しょうゆ》きて舜《しゅん》の宮《きゅう》に入《い》る。舜牀《しゅんしょう》に在《あ》りて琴《こと》ひく。象曰《しょういわ》く、鬱陶《うっとう》として君《くん》を思《おも》うのみ、と。忸怩《じくじ》たり。舜曰《しゅんいわ》く、惟《こ》れ茲《こ》の臣庶《しんしょ》、汝其《なんじそ》れ予《われ》に于《お》いて治《おさ》めよ、と。識《し》らず、舜象《しゅんしょう》の将《まさ》に己《おのれ》を殺《ころ》さんとするを知《し》らざるか、と。曰《いわ》く、奚而《なんすれ》ぞ知《し》らざらんや。象憂《しょううれ》うれば亦憂《またうれ》え、象喜《しょうよろこ》べば亦喜《またよろこ》ぶ、と。

◆万章問曰、詩云、娶レ妻如レ之何。必告二父母一。信斯言也、宜レ莫レ如レ舜。舜之不レ告而娶、何也。孟子曰、告則不レ得レ娶。男女居レ室、人之大倫也。如告、則廃二人之大倫一、以懟二父母一。是以不レ告也。万章曰、舜之不レ告而娶、則吾既得レ聞レ命矣。帝之妻レ舜而不レ告、何也。曰、帝亦知二告焉則不一レ得レ妻也。万章曰、父母使二舜完一レ廩、捐レ階。瞽瞍焚レ廩。使レ浚レ井。出。従而揜レ之。象曰、謨レ蓋二都君一、咸我績。牛羊父母、倉廩父母、干戈朕、琴朕、弤朕、二嫂使レ治二朕棲一。象往入二舜宮一。舜在レ牀琴。象曰、鬱陶思レ君爾。忸怩。舜曰、唯茲臣庶、汝其于レ予治。不レ識、舜不レ知二象之将一レ殺レ己与。曰、奚而不レ知也。象憂亦憂、象喜亦喜。

万章《ばんしょう》が訊《たず》ねた。「『詩経《しきょう》』に、『妻《つま》を娶《めと》るにはどのようにすべきか。必ず父母に報告する』とあります。本当にこの言《げん》が正しいなら、舜《しゅん》のようにしてはいけないでしょう。舜が父母に報告せずに妻を娶ったのはなぜですか」。

孟子が答えた。「報告したら結婚できなかったのだ。男女が〔結婚して〕同室にいるのは、人として重大な道である。もし報告したなら〔結婚できず〕、人の道を棄《す》て去《さ》ることになり、その結果父母に怨《うら》まれることにもなってしまう。だから報告しなかったのだ」。

万章「舜が報告せずに妻を娶ったことに関しては、以前お聞きしました。堯帝《ぎょうてい》が娘を舜に嫁《とつ》がせた時、舜の両親に知らせなかったのはどうしてですか」。

孟子「帝も亦、知らせれば娘を嫁《よめ》に遣《や》ることができなくなると分かっていたからである」。

万章「父母は舜に倉の修繕《しゅうぜん》をさせました。〔舜が屋根に登ると〕梯子《はしご》を棄て去り、父の瞽叟《こそう》が倉に火を放って倉を焼きました。また、舜に井戸を浚《さら》わせました。舜は〔横穴から〕井戸を出ました。〔瞽叟と異母弟の象《しょう》とはそれを知らずに〕井戸を土で埋めました。象は、『舜を埋め殺すことを計画したのは、私の功績だ。〔舜の財産は〕牛羊は父母に、倉は父母に、武器類は私に、琴は私に、弓は私に分け、二人の兄嫁《あによめ》は私の妻にして寝床《ねどこ》にはべらせよう』と言いました。象が舜の住居に入ると、舜は床《ゆか》に座って琴を弾いており、象は、『あなたのことがとても気になってやって来ました』と言って、深く恥じ入りました。舜は〔象の来訪を喜び〕、『私の下《もと》で臣や民を治《おさ》めなさい』と言いました。舜は象が自分を殺そうとしたのを知らなかったのでしょうか」。

孟子「どうして知らないということがあろうか。象が憂《うれ》えば舜も憂え、象が喜べば舜も喜ぶのだ」。

曰《いわ》く、然《しか》らば則《すなわ》ち舜《しゅん》は偽《いつわ》りて喜《よろこ》ぶ者《もの》か、と。曰《いわ》く、否《いな》。昔者《むかし》生魚《せいぎょ》を鄭《てい》の子産《しさん》に饋《おく》る有《あ》り。子産校人《しさんこうじん》をして之《これ》を池《いけ》に畜《やしな》わしむ。校人之《こうじんこれ》を烹《に》る。反命《はんめい》して曰《いわ》く、始《はじ》め之《これ》を舎《はな》てば圉圉焉《ぎょぎょえん》たり。少《しばら》くすれば則《すなわ》ち洋洋焉《ようようえん》たり。攸然《ゆうぜん》として逝《ゆ》く、と。子産《しさん》曰《いわ》く、其《そ》の所《ところ》を得《え》たるかな。其《そ》の所《ところ》を得《え》たるかな、と。校人《こうじん》出《い》でて曰《いわ》く、孰《だれ》か子産《しさん》を智《ち》と謂《い》う。予既《われすで》に烹《に》て之《これ》を食《くら》うに、曰《いわ》く、其《そ》の所《ところ》を得《え》たるかな。其《そ》の所《ところ》を得《え》たるかな、と。故《ゆえ》に君子《くんし》は欺《あざむ》くに其《そ》の方《みち》を以《もっ》てすべきも、罔《し》うるに其《そ》の道《みち》に非《あら》ざるを以《もっ》てし難《がた》し。彼兄《かれあに》を愛《あい》するの道《みち》を以《もっ》て来《きた》る。故《ゆえ》に誠《まこと》に信《しん》じて之《これ》を喜《よろこ》ぶ。奚《なん》ぞ偽《いつわ》らんや、と。

◆曰、然則舜偽喜者与。曰、否。昔者有レ饋二生魚於鄭子産一。子産使三校人畜二之池一。校人烹レ之。反命曰、始舎レ之圉圉焉。少則洋洋焉。攸然而逝。子産曰、得二其所一哉。得二其所一哉。校人出曰、孰謂二子産智一。予既烹而食レ之、曰、得二其所一哉。得二其所一哉。故君子可三欺以二其方一、難二罔以レ非二其道一。彼以二愛レ兄之道一来。故誠信而喜レ之。奚偽焉。

万章《ばんしょう》「では、舜は見せかけで喜んだふりをしたのでしょうか」。

孟子「そうではない。昔、生きた魚を鄭《てい》の子産《しさん》に贈った者がいた。子産は池の管理人に命じてこの魚を池で飼わせた。管理人はこれを煮て食べてしまったが、子産には、『魚を池に放流したら、初めは弱っているようでしたが、暫《しばら》くすると元気になり、泳いでゆきました』と報告した。子産は、『魚は行くべき処に行った。行くべき処に行った』と語った。池の管理人は出て来てから、『誰が子産を智者《ちしゃ》だというのか。私が既に魚を煮て食べてしまったが、『魚は行くべき処に行った。行くべき処に行った』などと言っている』と言ったという。

故に、君子に対しては、道理にあったやり方であれば騙《だま》すことができるが、道理にあわないやり方ではごまかすのも難しい。象は兄を愛しているふりをした。だから舜は本当に信じて喜んだのである。どうして心にもなく喜んだなどということがあるだろうか」。

❖　❖　❖　❖

結婚は個人にとって人生の一大事であるとともに、家族や親族といった血縁共同体の一大事でもあります。例えば現代日本においては、男女ともに十八歳以上であれば両性の合意のみに基いて結婚できますが、血縁共同体が社会の重要な構成要素であった古代中国では、結婚には親（特に父親）の許可を必要としました。しかし舜《しゅん》は堯《ぎょう》の二人の娘を娶《めと》る際、その礼に反して、先に両親に結婚の許可を求めず、両親に無断で結婚しました。それは、舜の父瞽叟《こそう》は頑迷《がんめい》で継母は邪悪で、常に舜に危害を加えようと考えるような人物であったため、結婚を報告しても許可してくれないに決まっていたからです。

ただ舜は、何も自分が結婚したいがために無断で結婚したわけではありません。もし結婚を報告して許可されず結婚できないことになれば、舜は子孫を残すことができません。離婁篇《りろう》にもありましたが、儒教《じゅきょう》において、「子孫継嗣《しそんけいし》(子孫を続けていくこと)」は孝《こう》の重要な部分であり、「無後《むご》(子孫がいないこと)」は最大の不孝《ふこう》とされます。ですから、舜は最大の不孝《ふこう》を避けるには、両親に無断で結婚するしかなかったわけです。これも常とは異なる特殊な状況下においてのみ許される臨機応変の処置、「権《けん》」といえます。

天意《てんい》は民意《みんい》（第5章）

万章曰《ばんしょういわ》く、堯天下《ぎょうてんか》を以《もっ》て舜《しゅん》に与《あた》う。諸有《これあ》りや、と。孟子曰《もうしいわ》く、否《いな》。天子《てんし》天下《てんか》を以《もっ》て人《ひと》に与《あた》うること能《あた》わず、と。然《しか》らば則《すなわ》ち舜天下《しゅんてんか》を有《たも》つや、孰《だれ》か之《これ》を与《あた》う、と。曰《いわ》く、天之《てんこれ》を与《あた》う、と。天《てん》の之《これ》を与《あた》うるは、諄諄《じゅんじゅん》然《ぜん》として之《これ》を命《めい》ずるか、と。曰《いわ》く、否《いな》。天言《てんものい》わず。行《おこない》と事《こと》とを以《もっ》て之《これ》を示《しめ》すのみ、と。曰《いわ》く、行《おこない》と事《こと》とを以《もっ》て之《これ》を示《しめ》すとは、之《これ》を如何《いかん》、と。曰《いわ》く、天子《てんし》能《よ》く人《ひと》を天《てん》に薦《すす》むれども、天《てん》をして之《これ》に天下《てんか》を与《あた》えしむること能《あた》わず。諸侯《しょこう》能《よ》く人《ひと》を天子《てんし》に薦《すす》むれども、天子《てんし》をして之《これ》に諸侯《しょこう》を与《あた》えしむること能《あた》わず。大夫《たいふ》能《よ》く人《ひと》を諸侯《しょこう》に薦《すす》むれども、諸侯《しょこう》をして之《これ》に大夫《たいふ》を与《あた》えしむること能《あた》わず。昔者《むかし》、堯舜《ぎょうしゅん》を天《てん》に薦《すす》めて天之《てんこれ》を受《う》く。之《これ》を民《たみ》に暴《あらわ》して民之《たみこれ》を受《う》く。故《ゆえ》に曰《いわ》く、天言《てんものい》わず。行《おこない》と事《こと》とを以《もっ》て之《これ》を示《しめ》すのみ、と。

◆万章曰、堯以二天下一与レ舜。有レ諸。孟子曰、否。天子不レ能下以二天下一与上レ人。然則舜有二天下一也、孰与レ之。曰、天与レ之。天与レ之者、諄諄然命レ之乎。曰、否。天不レ言。以二行与一レ事示レ之而已矣。曰、以二行与一レ事示レ之者、如レ之何。曰、天子能薦二人於天一、不レ能レ使三天与二之天下一。諸侯能薦二人於天子一、不レ能レ使三天子与二之諸侯一。大夫能薦二人於諸侯一、不レ能レ使三諸侯与二之大夫一。

昔者、堯薦二舜於天一而天受レ之。暴二之於民一而民受レ之。故曰、天不レ言。以二行与レ事示レ之而已矣。

万章《ばんしょう》が言った。「堯《ぎょう》が天下を舜《しゅん》に与《あた》えた。そういうことがあったのでしょうか」。

孟子が言った。「いや。天子が勝手に天下を人に与えることはできない」。

万章「それでは舜が天下を得たのは、誰が与えたのですか」。

孟子「天が与えたのだ」。

万章「天が天下を与えるとは、天が天下を治《おさ》めるよう詳《くわ》しく命じたのですか」。

孟子「いや。天はものを言わない。舜の行動と事蹟《じせき》とによって、舜に与えるという意志を示したのだ」。

万章「行動と事蹟とによって示すとは、どういうことでしょうか」。

孟子「天子は天に人を推薦することはできるが、天に強《し》いてその人に天下を与えさせることはできない。諸侯《しょこう》は天子に人を推薦することはできるが、天子に強いてその人を諸侯に任命させることはできない。大夫《たいふ》は諸侯に人を推薦することはできるが、諸侯に強いてその人を大夫に任命させることはできない。昔、堯は天に舜を推薦し、天は舜を受け入れた。民衆に舜の人となりを示し、民衆は舜を受け入れた。だから、『天はものを言わない、行動と事蹟とによって示す』というのだ」。

曰《いわ》く、敢《あえ》て問《と》う。之《これ》を天《てん》に薦《すす》めて天之《てんこれ》を受《う》け、之《これ》を民《たみ》に暴《あらわ》して民之《たみこれ》を受《う》くとは、如何《いかん》、と。曰《いわ》く、之《これ》をして祭《まつり》を主《つかさど》らしめて百神之《ひゃくしんこれ》を享《う》く。是《こ》れ天《てん》之《これ》を受《う》くるなり。之《これ》をして事《こと》を主《つかさど》らしめて事治《ことおさ》まり、百姓之《ひゃくせいこれ》に安《やす》んず。是《こ》れ民之《たみこれ》を受《う》くるなり。天之《てんこれ》を与《あた》え、人之《ひとこれ》を与《あた》う。故《ゆえ》に曰《いわ》く、天子《てんし》は天下《てんか》を以《もっ》て人《ひと》に与《あた》うること能《あた》わず、と。舜堯《しゅんぎょう》に相《しょう》たること二十有八載《にじゅうゆうはっさい》、人《ひと》の能《よ》く為《な》す所《ところ》に非《あら》ず。天《てん》なり。堯崩《ぎょうほう》じ、三年《さんねん》の喪畢《もおわ》りて、舜堯《しゅんぎょう》の子《こ》を南河《なんか》の南《みなみ》に避《さ》く。天下《てんか》の諸侯《しょこう》の朝覲《ちょうきん》する者《もの》、堯《ぎょう》の子《こ》に之《ゆ》かずして舜《しゅん》に之《ゆ》く。訟獄《しょうごく》する者《もの》、堯《ぎょう》の子《こ》に之《ゆ》かずして舜《しゅん》に之《ゆ》く。謳歌《おうか》する者《もの》、堯《ぎょう》の子《こ》を謳歌《おうか》せずして舜《しゅん》を謳歌《おうか》す。故《ゆえ》に曰《いわ》く、天《てん》なり、と。夫《そ》れ然《しか》る後中国《のちちゅうごく》に之《ゆ》き、天子《てんし》の位《くらい》を践《ふ》む。而《も》し堯《ぎょう》の宮《きゅう》に居《お》り、堯《ぎょう》の子《こ》に逼《せま》れば、是《こ》れ簒《うば》うなり。天与《てんあた》うるに非《あら》ざるなり。泰誓《たいせい》に曰《いわ》く、天《てん》の視《み》るは、我《わ》が民《たみ》の視《み》るに自《したが》う。天《てん》の聴《き》くは、我《わ》が民《たみ》の聴《き》くに自《したが》う、と。此《こ》の謂《いい》なり、と。

◆曰、敢問。薦二之於天一而天受レ之、暴二之於民一而民受レ之、如何。曰、使二之主レ祭而百神享レ之。是天受レ之。使二之主レ事而事治、百姓安レ之。是民受レ之也。天与レ之、人与レ之。故曰、天子不レ能下以二天下一与上レ人。舜相レ堯二十有八載、非三人之所二能為一也。天也。堯崩、三年之喪畢、舜避二堯之子於南河之南一。天下諸侯朝覲者、不レ之二堯之子一而之レ舜。訟獄者、不レ之二堯之子一而之レ舜。謳歌者、不三謳二歌堯之子一而謳二歌舜一。故曰、天也。夫然後之二中国一、践二天子位一焉。而居二堯之宮一、逼二堯之子一、是簒也。非二天与一也。泰誓曰、天視、自二我民視一。天聴、自二我民聴一。此之謂也。

万章《ばんしょう》「敢《あえ》てお訊《たず》ねします。『天に推薦すると天がその者を受け入れ、民衆に人となりを示すと民が受け入れた』というのは、どういったことでしょうか」。

孟子《もうし》「堯《ぎょう》が舜《しゅん》に神々を祀《まつ》る儀式を主催させたところ、神々はそれを受け入れた。これが天が受け入れるということである。舜に政治をさせてみたところ、政治はゆきとどき、民衆は舜に心服した。これが民が受け入れるということである。天が与《あた》え、人が与えた。だからこれを、『天子が勝手に天下を人に与えることはできない』というのである。

舜は堯の政治を二十八年も補佐した。これは人の力だけでできることではない。天がそうさせたのである。堯が崩御《ほうぎょ》し、三年の喪《も》が終ると、舜は堯の子を〔帝とするためこれを〕避け、南河《なんか》の南の地へと移った。しかし、天下の諸侯《しょこう》で天子に朝見《ちょうけん》する者は、堯の子のところへ行かずに舜のところへ行った。訴訟《そしょう》の判決を望む者は、堯の子のところへ行かずに舜のところへ行った。徳を称《たた》える歌を歌う者は、堯の子について歌わずに舜について歌った。だから、『天がそうさせた』というのである。そうして、その後都《みやこ》に行き、天子の位に即《つ》いた。もし舜が、堯の宮殿に住んで堯の子に帝位を自分に譲るよう迫ったのなら、これは簒奪《さんだつ》である。

天が与えたものではない。『書経《しょきょう》』泰誓篇《たいせいへん》に、『天が視るには、民衆が視るのに従い、天が聴くには、民衆が聴くのに従う』とあるのは、この意味である」。

❖　❖　❖　❖

皇帝のことをまた「天子《てんし》」とも呼びますが、これは天命を受けて国を治《おさ》めるもの、つまり天の子を意味します。天子の地位は、天が与えるものですので、天子といえども、天の意志によらず恣意的《しいてき》に次の天子を決めることはできないわけです。

本章では、堯が舜に対して行なった禅譲《ぜんじょう》のやり方や形式について述べています。堯は舜に、まず祭祀《さいし》を行なわせて、次に政治を行なわせて、その結果を見て帝位にふさわしい人物であるかを確認しました。ここで祭祀が取り上げられているのは、当時の社会において、天神地祇《てんしんちぎ》への祭祀は政治の一部であったためです（祭政一致）。

そうして、帝位にふさわしいかどうかの判断基準として、民衆が舜の政治に満足して、彼を受け入れたことが挙げられています。天子の地位を保証するのは天意《てんい》ですが、天はものを言いません。天意は民意を通してはじめて目に見える形で表れるのです。

ここには明確に民意尊重の姿勢が見られ、孟子の政治思想の民本的《みんぽんてき》な性格が表れています。ただ、民衆が自律的《じりつてき》な政治力を有していると考えているわけではありません。政治を行なうのは、天子、即《すなわ》ち君主ということになります。民意自身に政治的な権威を認めるのではなく、民意はあくまで天意の象徴として扱われていることには注意が必要です。

■コラム　孝子《こうし》としての舜《しゅん》

中国では、古代に三皇五帝《さんこうごてい》と呼ばれる聖天子が天下を治めた時代があり、理想的な政治が行なわれていたと伝承されています。舜《しゅん》はその五帝の中の一人です。舜はまた孝子《こうし》としても知られ、中国の有名な孝子の伝説を集めた『二十四孝《にじゅうしこう》』にも筆頭として採り上げられています。

『二十四孝』では、舜が歴山で畑を耕していると、舜の孝に感じた象《ぞう》が耕すのを手伝い、鳥が草を引くのを手伝ったとあります。

『孟子』にも舜の孝子伝説が数多く収録されており、本書で採り上げた「親に愛されないことを号泣」（万章上）、「子孫を絶やさぬために無断で結婚」（万章上）

舜（三才図会）

などの他にも、「弟子が孟子に、『舜の父親が人を殺したら舜はどうするか』と質問すると、孟子は、『舜は天子の位をやぶれた草履《ぞうり》のように棄てて父親を背負って逃げ、たどり着いた海辺で一生楽しく暮すだろう』と答えた」（尽心《じんしん》下）という話などが見えます。

また、敦煌《とんこう》から発掘された『舜子変文《しゅんしへんぶん》』や日本に伝わる『孝子伝《こうしでん》』には、『孟子』万章上篇にも載す、舜が父に殺されそうになって井戸から逃げた話の後日談が見えます。舜はそのまま家を出ますが、悪業の報いで盲目となった父親をずっと名乗らずに助けていました。それに気付いた父親が改心して泣き、舜が目を拭《ぬぐ》うと目が見えるようになる、というものです。

舜は、継母《ままはは》どころか実の父親や異母弟に、いじめられ殺されかけても孝を尽くす孝子として、中国で最も有名な孝子の一人となっています。

神格化された人物が生誕説話を持つのは、文化を問わず見られる例です。古代中国ではこういった伝説を感生帝説《かんせいていせつ》といい、殷《いん》の始祖《しそ》である契《せつ》には母親が玄鳥《げんちょう》の卵を飲んで懐妊《かいにん》して生まれたという伝説が、周《しゅう》の始祖《しそ》后稷《こうしょく》には母親が巨人の足跡《あしあと》を踏んで懐妊して生まれたという伝説があります。また漢《かん》の高祖《こうそ》は、母親が夢で龍と交《まじ》わった結果生まれたと伝わります。王朝の始祖の神秘性を増すため、彼らが天の子であるといっているわけです。

ところが舜にはこういった生誕説話が見られず、母親から普通に生まれたとされています。その結果、舜の伝説に、いじわるな継母にいじめられる継子《ままこ》という人間味のある性格が備わったわけで、このことが舜の人格に親孝行であるという性質が付与されるのに一役買ったといえるでしょう。

10　万《ばん》章《しょう》下

全九章。うち五章が万章《ばんしょう》との問答です。いくつかの章で交友について述べられていますが、中でも第八章の「尚友《しょうゆう》」（書物を通じて古《いにしえ》の人と交わる）はよく知られています。

仕官《しかん》の理由《りゆう》（第5章）

孟子《もうし》曰《いわ》く、仕《つか》うるは貧《ひん》の為《ため》に非《あら》ず。而《しか》れども時有《ときあ》りてか貧《ひん》の為《ため》にす。妻《つま》を娶《めと》るは養《やしない》の為《ため》に非《あら》ず。而《しか》れども時有《ときあ》りてか養《やしない》の為《ため》にす。貧《ひん》の為《ため》にする者《もの》は、尊《そん》を辞《じ》して卑《ひ》に居《お》り、富《とみ》を辞《じ》して貧《ひん》に居《お》る。尊《そん》を辞《じ》して卑《ひ》に居《お》り、富《とみ》を辞《じ》して貧《ひん》に居《お》るは、悪《いず》くか宜《よろ》しき。抱関撃柝《ほうかんげきたく》なり。孔子《こうし》嘗《かつ》て委吏《いり》と為《な》る。

曰《いわ》く、会計当《かいけいあた》るのみ、と。嘗《かつ》て乗田《じょうでん》と為《な》る。曰《いわ》く、牛羊茁《ぎゅうようさつ》として壮長《そうちょう》するのみ、と。位卑《くらいいや》しくして言高《げんたか》きは罪《つみ》なり。人《ひと》の本朝《ほんちょう》に立《た》ちて道行《みちおこ》なわれざるは恥《はじ》なり、と。

◆孟子曰、仕非レ為レ貧也。而有レ時乎為レ貧。娶レ妻非レ為レ養也。而有レ時乎為レ養。為レ貧者、辞レ尊居レ卑、辞レ富居レ貧。辞レ尊居レ卑、辞レ富居レ貧、悪乎宜乎。抱関撃柝。孔子嘗為二委吏一矣。曰、会計当而已矣。嘗為二乗田一矣。曰、牛羊茁壮長而已矣。位卑而言高罪也。立二乎人之本朝一而道不レ行恥也。

孟子が言った。「仕官《しかん》するのは〔道を行なうためであり〕貧乏のためではない。しかし、貧乏のために仕官することもある。妻《つま》を娶《めと》るのは〔子孫を得るためであり〕親を養うためではない。しかし、親を養うために妻を娶ることもある。貧乏のために仕官する者は、〔正しい出処進退ではないから〕高い官は辞退して低い官に就き、厚禄《こうろく》を辞退して薄禄《はくろく》を受けるべきだ。高い官は辞退して低い官に就き、厚禄を辞退して薄禄を受けるとは、どういった職がよいだろうか。門番や夜回りがよい。

孔子《こうし》はかつて倉庫番でいらっしゃったが、『会計が正確だった』と言っておられる。また、かつて牧畜官でいらっしゃったが、『牛や羊は成長してよく太った』と言っておられる（貧乏のために、位が低く薄禄の官に就《つ》いていた）。地位が低いにも関わらず、むやみに職務以上のことを大言壮語《たいげんそうご》するのは罪である。（高い官に就《つ》き）朝廷に立っておりながら、道が行なわれないのは恥である」。

❖ ❖ ❖ ❖

人の行動の意義を、合理性や経済性ではなくその道義性に見出すのは、儒教《じゅきょう》得意の論法です。しかしここでは、現実的な観点から、消極的ながら就職の経済的意義を認めています。

孔子はもともとそれほど高い身分ではありませんでしたので、若い頃はいろいろな職に就《つ》いていました。孔子自身、「吾少《われわか》くして賤《いや》し、故《ゆえ》に鄙事《ひじ》に多能《たのう》なり（私は若い頃身分が低かった。だからつまらないことに多芸《たげい》になったのだ）」（『論語』子罕《しかん》）と述べています。

結婚の意義は、子孫を作って祖先祭祀《そせんさいし》を絶やさないようにする点にあります。『礼記《らいき》』には結婚の意義について、「昏礼《こんれい》は将《まさ》に二《に》姓《せい》の好《よしみ》を合《あわ》せて、上《うえ》は以《もっ》て宗廟《そうびょう》に事《つか》え、下《した》は以《もっ》て後世《こうせい》に継《つ》がんとするなり（婚礼は両家が親しくなり、それによって上は祖先祭祀を行ない、下は血を後世に続けるものである）」（昏儀《こんぎ》）とあります。

ただ、孟子は「親を養うためではない」といいますが、結婚の役割として、親の世話を想定することは後世多く見られます。例えば、江戸時代の儒者中江藤樹《なかえとうじゅ》は、「人間は孝行《こうこう》を本《もと》とす。おやの恩は身を殺しても報《むく》いがたし。妻をめとるは本来親に仕え、子孫を相続せんがためなり」（『鑑草《かがみぐさ》』）と、妻を娶る理由として、子孫継嗣《しそんけいし》とともに親に仕えることを挙げています。

古人《こじん》を友《とも》とする（第8章）

孟子《もうし》万章《ばんしょう》に謂《い》いて曰《いわ》く、一郷《いっきょう》の善士《ぜんし》は、斯《すなわ》ち一郷《いっきょう》の善士《ぜんし》を友《とも》とす。一国《いっこく》の善士《ぜんし》は、斯《すなわ》ち一国《いっこく》の善士《ぜんし》を友《とも》とす。天下《てんか》の善士《ぜんし》は、斯《すなわ》ち天下《てんか》の善士《ぜんし》を友《とも》とす。天下《てんか》の善士《ぜんし》を友《とも》とするを以《もっ》て未《いま》だ足《た》らずと為《な》せば、又《また》古《いにしえ》の人《ひと》を尚《しょう》論《ろん》す。其《そ》の詩《し》を頌《しょう》し、其《そ》の書《しょ》を読《よ》むに、其《そ》の人《ひと》を知《し》らずして可《か》ならんや。是《ここ》を以《もっ》て其《そ》の世《よ》を論《ろん》ず。是《こ》れ尚友《しょうゆう》するなり、と。

◆孟子謂㆓万章㆒曰、一郷之善士、斯友㆓一郷之善士㆒。一国之善士、斯友㆓一国之善士㆒。天下之善士、斯友㆓天下之善士㆒。以㆑友㆓天下之善士㆒為㆑未㆑足、又尚㆓論古之人㆒。頌㆓其詩㆒、読㆓其書㆒、不㆑知㆓其人㆒可乎。是以論㆓其世㆒也。是尚友也。

孟子が万章《ばんしょう》に言った。「己《おのれ》の善《ぜん》が一つの郷《さと》全体に影響を及ぼすほどの人物は、同様の人物を友とする。己の善が一国全体に影響を及ぼすほどの人物は、同様の人物を友とする。己の善が天下全体に影響を及ぼすほどの人物は、同様の人物を友とする。

己の善が天下全体に影響を及ぼすほどの人物を友として、まだ満足できないのであれば、古《いにしえ》の人を論評する。古人《こじん》の詩を吟《ぎん》じ、古人の書を読むのに、その人の人となりを知らなくてもよいだろうか〔いや、よくない〕。そこで古人の時代の事蹟《じせき》について論じるのである。これが古人を友とするということである」。

❖　❖　❖　❖

交友論について述べた章です。その要点は「尚友《しょうゆう》」、読書することによって古《いにしえ》の賢人を友とすることにあります。良書《りょうしょ》を読むことはその著者と対話することだ、などといったレトリックはよく見られるものですが、孟子はそれから一歩進んで、単に昔の詩や書を読むだけでなく、著者について知り、その時代や世相について検討することが大切だといいます。書籍の内容について考える際、その著者の思想や書かれた時代背景などについて探究することは、現代の文献研究においても必須の作業であり、孟子の読書に対する鋭い視点が窺えます。

『論語』に、「己《おのれ》に如《し》かざる者《もの》を友《とも》とする無《な》かれ（自分より劣った者を友人とするな）」（学而《がくじ》）とあります。本章の交友論とも通じるものがあるでしょう。

君主《くんしゅ》を退位《たいい》させる臣下《しんか》（第9章）

斉《せい》の宣王《せんおう》卿《けい》を問《と》う。孟子《もうし》曰《いわ》く、王何《おうなん》の卿《けい》を之問《これと》うや、と。王曰《おういわ》く、卿同《けいおな》じからざるか、と。曰《いわ》く、同《おな》じからず。貴戚《きせき》の卿有《けいあ》り、異姓《いせい》の卿有《けいあ》り、と。王曰《おういわ》く、貴戚《きせき》の卿《けい》を請《こ》い問《と》う、と。曰《いわ》く、君《くん》に大過有《たいかあ》れば、則《すなわ》ち諫《いさ》む。之《これ》を反覆《はんぷく》して聴《き》かざれば、則《すなわ》ち位《くらい》を易《か》う、と。王勃然《おうぼつぜん》として色《いろ》を変《へん》ず。曰《いわ》く、王異《おうあや》しむ勿《な》かれ。王臣《おうしん》に問《と》う。臣敢《しんあえ》て正《せい》を以《もっ》て対《こた》えずんばあらず、と。王《おう》色定《いろさだ》まり、然《しか》る後異姓《のちいせい》の卿《けい》を請《こ》い問《と》う。曰《いわ》く、君《くん》に過有《あやまちあ》れば、則《すなわ》ち諫《いさ》む。之《これ》を反覆《はんぷく》して聴《き》かざれば、則《すなわ》ち去《さ》る、と。

◆斉宣王問レ卿。孟子曰、王何卿之問也。王曰、卿不レ同乎。曰、不レ同。有二貴戚之卿一、有二異姓之卿一。王曰、請二問貴戚之卿一。曰、君有二大過一、則諫。反二覆之一而不レ聴、則易レ位。王勃然変二乎色一。曰、王勿レ異也。王問レ臣。臣不三敢不二以レ正対一。王色定、然後請二問異姓之卿一。曰、君有レ過、則諫。反二覆之一而不レ聴、則去。

斉《せい》の宣王《せんおう》が卿《けい》について質問した。

孟子が言った。「王はどのような卿について問うておられるのでしょうか」。

宣王「卿はどれも同じではないのか」。

孟子「同じではございません。王室と血縁関係がある卿と王室と血縁関係がない卿とがございます」。

宣王「王室と血縁関係がある卿について聞きたい」。

孟子「君主に国を亡ぼすような大きな過《あやま》ちがあれば、諫《いさ》めます。何度諫めても君主が聞き入れないのであれば、その君を退位させて親族を立てます」。

宣王はさっと顔色を変えた。

孟子「王よ、けしからぬとお考えになってはいけません。王が私にお訊《き》きになったのです。ですから私はあえて正しい道理をお答えしないわけにはまいりません」。

王の顔色もおさまり、王室と血縁関係がない卿について質問した。

孟子「君主に過ちがあれば、諫めます。何度諫《いさ》めても君主が聞き入れないのであれば、その君主の下《もと》を去ります」。

❖❖❖❖

王に面と向かって、「貴戚《きせき》の卿《けい》」（王室と血縁関係がある貴族）は王を廃立《はいりつ》することも許されると説《と》くのですから、宣王《せんおう》が「色《いろ》を変《へん》ず（顔色を変えた）」のも当然です。この科白《せりふ》には、君主の権威を絶対視しない孟子の面目躍如《めんもくやくじょ》たるものがあります。

この章も、その内容から後世さまざまな議論を呼びましたが、その一方で、日本の近世武士社会には、「主君押込《しゅくんおしこめ》」と呼ばれる、まるでこの章を実践したかのような例が数多く見られます。主君押込は、特に戦国期から江戸期の大名家において、藩主《はんしゅ》の行跡《ぎょうせき》が著しく悪い場合、家老ら家臣団が合議によってその藩主を強制的に隠居《いんきょ》させ、藩主を交代させることをいいます。日本においては、臣下が「家臣」とも呼ばれるように、臣は君個人ではなく君の家、つまり主家《しゅか》に仕えるものという性格が特に強かったことが、こういったことを可能にしたと考えられます。

11　告子《こくし》上

全二〇章。最初の四章が人の性《せい》に関する告子《こくし》との論争で、次の二章も人性《じんせい》論《ろん》についての問答です。後半は修養論《しゅうようろん》に関する内容が多くなっています。

人間《にんげん》の本性《ほんせい》とは（第1章）

告子《こくし》曰《いわ》く、性《せい》は猶杞柳《なおきりゅう》のごとし。義《ぎ》は猶桮棬《なおはいけん》のごとし。人《ひと》の性《せい》を以《もっ》て仁《じん》義《ぎ》と為《な》すは、猶杞柳《なおきりゅう》を以《もっ》て桮棬《はいけん》と為《な》すがごとし、と。孟子《もうし》曰《いわ》く、子《し》は能《よ》く杞柳《きりゅう》の性《せい》に順《したが》いて、以《もっ》て桮棬《はいけん》を為《つく》るか。将《は》た杞柳《きりゅう》を戕賊《しょうぞく》して、而《しか》る後《のち》に以《もっ》て桮棬《はいけん》を為《つく》るか。如《も》し将《は》た杞柳《きりゅう》を戕賊《しょうぞく》して、以《もっ》て桮棬《はいけん》を為《つく》れば、則《すなわ》ち亦《また》将《は》た人《ひと》を戕賊《しょうぞく》して、以《もっ》て仁義《じんぎ》を為《な》すか。天下《てんか》の人《ひと》を率《ひき》いて、仁義《じんぎ》に禍《わざわい》するは、必《かなら》ず子《し》の言《げん》なるかな、と。

◆告子曰、性猶二杞柳一也。義猶二桮棬一也。以二人性一為二仁義一、猶下以二杞柳一為中桮棬上。孟子曰、子能順二杞柳之性一、而以為二桮棬一乎。将戕二賊杞柳一、而後以為二桮棬一也。如将戕二賊杞柳一、而以為二桮棬一、則亦将戕二賊人一、以為二仁義一与。

率二天下之人一、而禍二仁義一者、必子之言夫。

告子《こくし》が言った。「人の性《せい》は、杞柳《こりやなぎ》のようなものである。義《ぎ》は木を曲げて作った器《うつわ》のようなものである。だから、人の性《せい》は仁義《じんぎ》だというのは、杞柳は器であると言うようなものである」。

孟子《もうし》が言った。「あなたは、杞柳の本性《ほんせい》に順って器を作るのか。それとも、杞柳の本性を損なって器を作るのか。もし杞柳の本性を損なって器を作るのであれば、人の本性を損なって、それで仁義を行なうのか。天下の人を惑わし仁義に害をなすのは、きっとあなたの言葉であろう」。

❖ ❖ ❖ ❖

告子《こくし》は、孟子と同時代の思想家です。告子篇は、告子と孟子とが行なった人間の性《せい》に関する論争を多く収録しています。当時、「性」、つまり人間の本性《ほんせい》が、善《ぜん》なのか悪なのか、また性と仁との関係、性と義との関係などは、思想界でホットなトピックだったようです。

ここで告子は、人間の性を柳の木（材料）に、義をそれを用いて作成した器《うつわ》（完成品）に譬《たと》えて説明します。性が柳のようなもので、義が器のようなものであるなら、「人の性は仁義だ（性＝義）」というのは、「柳は器だ（柳＝器）」というのと同じで、「材料＝完成品」を意味することになります。つまり材料と完成品とを混同する誤りだというわけです。

それに対して孟子は、その器の製作方法について、曲げやすいという柳の本性を活《い》かしてそれに従って作るのか、無理やり力を加えるような柳の本性を傷つけるやり方で作るのか、と問います。孟子は告子の譬えを用いて質問してはいるのですが、告子は性と義とを材料と完成品の関係に準《なぞら》えているのであり、材料の性質と製造方法との関係について述べているのではありません。ですからこの孟子の問いは、告子の発言と今一つ嚙《か》み合《あ》っていません。

さらに孟子は、告子の答えを待たず、勝手に後者だと決め付けて議論を進めます。「あなたは柳の本性を損なって器を作るのだから、人の本性も損なって仁義を行なうのだろう」というわけです。そうして「仁義に禍《わざわい》するもの」と、強い口調で告子を非難します。

この章は告子の反論を著録《ちょろく》せずここで終っているため、一見、孟子が告子を論破したように見えますが、告子が孟子の決めつけを指摘したり、「柳の本性を活かして作るのだ」と答えたりしたら、孟子は何と答えたのか興味のあるところです。

人間《にんげん》の本性《ほんせい》は善《ぜん》か（第2章）

告子《こくし》曰《いわ》く、性《せい》は猶湍水《なおたんすい》のごとし。諸《これ》を東方《とうほう》に決《けつ》すれば、則《すなわ》ち東《ひがし》に流《なが》れ、諸《これ》を西方《せいほう》に決《けつ》すれば、則《すなわ》ち西《にし》に流《なが》る。人《ひと》の性《せい》の善《ぜん》・不善《ふぜん》を分《わか》つ無《な》きは、猶《なお》水《みず》の東西《とうざい》を分《わか》つ無《な》きがごとし、と。孟子《もうし》曰《いわ》く、水《みず》は信《まこと》に東西《とうざい》を分《わか》つ無《な》きも、上下《しょうか》を分《わか》つ無《な》からんや。人《ひと》の性《せい》の善《ぜん》なるは、猶水《なおみず》の下《ひく》きに就《つ》くがごとし。人善《ひとぜん》ならざること有《あ》る無《な》く、水下《みずくだ》らざること有《あ》る無《な》し。今夫《いまそ》れ水搏《みずう》ちて之《これ》を躍《おど》らせば、顙《ひたい》を過《す》ごさしむべし。激《げき》して之《これ》を行《や》れば、山《やま》に在《あ》らしむべし。是《こ》れ豈水《あにみず》の性《せい》ならんや。其《そ》の勢《せい》、則《すなわ》ち然《しか》らしむなり。人《ひと》の不善《ふぜん》を為《な》さしむべきも、其《そ》の性亦猶是《せいまたなおかく》のごとし、と。

◆告子曰、性猶㆓湍水㆒也。決㆓諸東方㆒、則東流、決㆓諸西方㆒、則西流。人性之無㆑分㆓於善不善㆒也、猶㆓水之無㆑分㆓於東西㆒也。孟子曰、水信無㆑分㆓於東西㆒、無㆑分㆓於上下㆒乎。人性之善也、猶㆓水之就㆑下也。人無㆑有㆑不㆑善、水無㆑有㆑不㆑下。今夫水搏而躍㆑之、可㆑使㆑過㆑顙。激而行㆑之、可㆑使㆑在㆑山。是豈水之性哉。其勢、則然也。人之可㆑使㆑為㆓不善㆒、其性亦猶㆑是也。

告子《こくし》が言った。「人の本性《ほんせい》は、渦《うず》を巻《ま》いている水のようなものである。東の堤《てい》防《ぼう》を決壊させると、東に向かって流れる。西の堤防を決壊させると、西に向かって流れる。人の本性に善《ぜん》・不善《ふぜん》の区別がないのは、水の流れる方向に東西の区別がないのと同じである」。

孟子が言った。「水の流れる方向には確かに東西の区別はないが、上下《じょうげ》の区別はないだろうか。人の本性が善だということは、水が低い方に流れるようなものだ。人の本性が善でないということはないし、水が低い方に流れないということもない。もし今、水面を手で叩《たた》いて跳《は》ね返《かえ》らせたら、その雫《しずく》を額を越えて高く上げることもできる。せき止めてから流せば、山に水を送ることもできる。しかしこれは水の本性だろうか〔外から与えた勢いによって、一時《いっとき》このようにさせただけである〕。時に人に不善を行なわせることができるのも、その本性はこのようなものである〔本性は善なのを、外から与えた勢いによって一時不善にさせただけだ〕」。

❖　❖　❖　❖

性《せい》の善《ぜん》・不善《ふぜん》についての告子《こくし》との論争です。告子は、人の性を水に譬《たと》えます。この譬え話は、テーブルの上にほんのわずかな水をこぼしたとして、そのテーブルを西に傾ければ西に、東に傾ければ東に水が流れだす、と考えれば分かりやすいでしょう。水は水平方向には決まった動きをせず、移動を方向づけるには外部からの力が必要であることをいったもので、人間の性《せい》ももともとは善・不善といった方向性を有していないことの譬えとしています。

孟子は、水が上から下へと流れるという性質を取り上げ反論します。水が下に流れるという性質を持つのと同様、人間の性は善に向かうという方向性を持つと言うのです。この章も、孟子の言《げん》で終っており、論争は孟子が勝利したかのような印象を受けます。

しかし、告子の譬えは、水平状態に保った水は、移動に決まった方向は無い、ということであり、水平状態に保たない水（堤防を決壊させた状態）が上から下へ移動するのはいわば当然です。水は下に移動するとの孟子の指摘は、告子の主張の否定にはなっていません。

そもそも両者とも、水が性の譬えとしてふさわしいことを証明していない上に、両者がそれぞれ水の持つ性質の一面を、自分の考える性の性質に準《なぞら》えただけであり、ここでも両者の議論は嚙《か》み合《あ》っていないといえます。

仁義《じんぎ》の内外《ないがい》（第4章）

告子《こくし》曰《いわ》く、食《しょく》と色《いろ》とは、性《せい》なり。仁《じん》は、内《うち》なり。外《そと》に非《あら》ざるなり。義《ぎ》は、外《そと》なり。内《うち》に非《あら》ざるなり、と。孟子《もうし》曰《いわ》く、何《なに》を以《もっ》て仁《じん》は内《うち》、義《ぎ》は外《そと》と謂《い》うや、と。曰《いわ》く、彼長《かれちょう》なれば我之《われこれ》を長《ちょう》とす。我《われ》に長有《ちょうあ》るに非《あら》ず。猶彼白《なおかれしろ》くして我之《われこれ》を白《しろ》とするがごとし。其《そ》の白《しろ》きに外《そと》に従《したが》う。故《ゆえ》に之《これ》を外《そと》と謂《い》う、と。曰《いわ》く、馬《うま》の白《しろ》きを白《しろ》しとするは、以《もっ》て人《ひと》の白《しろ》きを白《しろ》しとするに異《こと》なる無《な》し。識《し》らず、馬《うま》の長《ちょう》を長《ちょう》とするは、以《もっ》て人《ひと》の長《ちょう》を長《ちょう》とするに異《こと》なる無《な》きか。且《か》つ謂《い》え、長《ちょう》ずる者《もの》、義《ぎ》か。之《これ》を長《ちょう》とする者《もの》、義《ぎ》か、と。曰《いわ》く、吾《わ》が弟《おとうと》は則《すなわ》ち之《これ》を愛《あい》し、秦人《しんひと》の弟《おとうと》は則《すなわ》ち愛《あい》せず。是《こ》れ我《われ》を以《もっ》て悦《よろこ》びを為《な》す者《もの》なればなり。故《ゆえ》に之《これ》を内《うち》と謂《い》う。楚人《そひと》の長《ちょう》を長《ちょう》とし、亦吾《またわ》が長《ちょう》を長《ちょう》とす。是《こ》れ長《ちょう》を以《もっ》て悦《よろこ》びを為《な》す者《もの》なればなり。故《ゆえ》に之《これ》を外《そと》と謂《い》う、と。曰《いわ》く、秦人《しんひと》の炙《しゃ》を耆《たしな》むは、以《もっ》て吾《わ》が炙《しゃ》を耆《たしな》むに異《こと》なる無《な》し。夫《そ》れ物《もの》も則《すなわ》ち亦然《またしか》る者有《ものあ》り。

然《しか》らば則《すなわ》ち炙《しゃ》を耆《たしな》むも亦外《またそと》とする有《あ》るか、と。

◆告子曰、食色、性也。仁、内也。非レ外也。義、外也。非レ内也。孟子曰、何以謂二仁内、義外一也。曰、彼長而我長レ之。非レ有二長於我一也。猶二彼白而我白一レ之。従二其白於外一也。故謂二之外一也。曰、〔異於〕白二馬之白一也、無四以異三於白二人之白一也。不レ識、長二馬之長一也、無四以異三於長二人之長一与。且謂、長者、義乎。長レ之者、義乎。曰、吾弟則愛レ之、秦人之弟則不レ愛也。是以レ我為レ悦者也。故謂二之内一。長二楚人之長一、亦長二吾之長一。是以レ長為レ悦者也。故謂二之外一也。曰、耆二秦人之炙一、無四以異三於耆二吾炙一。夫物則亦有二然者一也。然則耆レ炙亦有レ外与。

告子《こくし》が言った。「食欲と性欲とは、人の本性《ほんせい》である。仁《じん》は人の内《うち》に在《あ》るもので、外《そと》に在るものではない。義《ぎ》は人の外に在るもので、内に在るものではない」。

孟子が言った。「何を根拠に、仁は人の内に在り、義は外に在るというのか」。

告子「彼が年長であれば、私は彼を年長者だとして敬意を払う。これは、〔自分の外に在る年長という事実に対して敬意を払っているのであって〕年長という事実が自分の内に在るのではない。これは、彼が色白《いろじろ》だから、私が彼を色白として扱うようなものだ。その白さは自分の外に在り、それに従って色白だとするのだ。〔色白という事実は自分の外に在る〕だからこれを外に在るというのだ」。

孟子「白馬を白いとするのと、色白の人を白いとするのとには、違いが無い。では、年長の馬を年長とするのと、年長の人を年長とするのとには違いが無いだろうか〔老馬と違って老人には敬意を払うではないか〕。答えてもらいたいのだが、年長であることが義なのか、それとも、年長者を敬《うやま》うことが義なのか」。

告子「自分の弟は愛するが、外国人である秦《しん》の人の弟は愛さない。これは、弟への愛を発生させるのは自分の心だからである。だからこれを内に在るというのである。外国人である楚《そ》の年長者を年長者として敬意を払い、自分の身内の年長者にも敬意を払う。これは、年長者への敬意を発生させるのは年長という事実だからである。だからこれを外に在るというのである」。

孟子「秦の人があぶり肉を好むのは、私があぶり肉を好むのと違わない。物にはこういう道理がある。そうであれば、あぶり肉を好むという食欲も、外に在るのであろうか〔あなたは食欲は本性《ほんせい》だと言ったではないか〕」。

つづけて孟子と告子との性《せい》に関する論争です。ここで告子の主張する説は、仁内義外《じんないぎがい》説《せつ》と呼ばれています。ここで問題となっているのは、仁《じん》と義《ぎ》という性質が、心《こころ》の内《うち》にあるのか外《そと》にあるのかということです。告子は、仁・食欲・色欲が心の内にあり、義は心の外にあるといいます。孟子は、仁・義ともに心の内にあるといいます。ですから、問題となるのは、義が内外どちらにあるのかという点となります。

両者は、「年長者を年長者として敬う」ことが義であるとの前提で議論を進めます。告子は「敬《けい》」発生のメカニズムを、「ある人が年長であるという事実が心の外部に存在して、それに触発されて発生する」と考え、年長者を敬うという義の本質を「外在的な年長であるという事実」に見ます。

孟子は、人の時と異なり、馬が年長であるという事実は敬う気持ちを発生させないと述べ、年長という外在的な事実は同じでも義の発生に違いがあることを指摘します。これは敬の本質を「心の内部で発生する敬意」に見て、義の発生は心の内部の働きによって決定されると主張したものでしょう。

さらに孟子は、あぶり肉の譬えを持ち出します。ただこの意見は、対象の親疎（自分の弟―秦人の弟・身内の年長者―楚の年長者）と、主体の親疎（自分―秦人）とを混同しており、あまり効果的な反論となっていません。ここで問題となっているのは、義が内か外かということですから、孟子が反駁《はんばく》すべきなのは、告子の「義は外」という主張であるはずで、ここでも議論が迷走した感があります。

孟子は、「年長であるという外在的な事実（長《ちょう》ずる者《もの》）」と「敬意という内部に発生する気持ち（之《これ》を長《ちょう》とする者《もの》）」とのどちらが敬《けい》（義《ぎ》）の本質であるか、という議論を続けるべきだったでしょう。

悪《あく》の発生因《はっせいいいん》（第8章）

孟子《もうし》曰《いわ》く、牛山《ぎゅうざん》の木《き》嘗《かつ》て美《び》なり。其《そ》の大国《たいこく》に郊《こう》たるを以《もっ》て、斧斤《ふきん》之《これ》を伐《き》る。以《もっ》て美《び》と為《な》すべけんや。是《こ》れ其《そ》の日夜《にちや》の息《そく》する所《ところ》、雨露《うろ》の潤《うるお》す所《ところ》、萌《ほう》蘖《げつ》の生無《せいな》きに非《あら》ず。牛羊又従《ぎゅうようまたしたが》いて之《これ》を牧《ぼく》す。是《ここ》を以《もっ》て彼《か》の若《ごと》く濯濯《たくたく》たるなり。人其《ひとそ》の濯濯《たくたく》たるを見《み》るや、以《もっ》て未《いま》だ嘗《かつ》て材有《ざいあ》らずと為《な》す。此《こ》れ豈山《あにやま》の性《せい》ならんや。人《ひと》に存《そん》する者《もの》と雖《いえど》も、豈仁義《あにじんぎ》の心無《こころな》からんや。其《そ》の其《そ》の良心《りょうしん》を放《はな》つ所以《ゆえん》の者《もの》、亦猶斧斤《またなおふきん》の木《き》に於《お》けるがごとし。旦旦《たんたん》にして之《これ》を伐《き》れば、以《もっ》て美《び》と為《な》すべけんや。其《そ》の日夜《にちや》の息《そく》する所《ところ》、平旦《へいたん》の気《き》あるも、其《そ》の好悪《こうお》、人《ひと》と相近《あいちか》き者《もの》、幾《ほとん》ど希《まれ》なり。則《すなわ》ち其《そ》の旦昼《たんちゅう》の為《な》す所《ところ》、有之《またこれ》を牿亡《こくぼう》すればなり。之《これ》を牿《こく》して反覆《はんぷく》すれば、則《すなわ》ち其《そ》の夜気《やき》以《もっ》て存《そん》するに足《た》らず。夜気《やき》以《もっ》て存《そん》するに足《た》らざれば、則《すなわ》ち其《そ》の禽獣《きんじゅう》を違《さ》ること遠《とお》からず。人其《ひとそ》の禽獣《きんじゅう》なるを見《み》て、以《もっ》て未《いま》だ嘗《かつ》て才有《さいあ》らずと為《な》す者《もの》は、是《こ》れ豈人《あにひと》の情《じょう》ならんや。故《ゆえ》に苟《いやしく》も其《そ》の養《やしない》を得《う》れば、物《もの》として長《ちょう》ぜざる無《な》し。苟《いやしく》も其《そ》の養《やしない》を失《うしな》えば、物《もの》として消《しょう》ぜざる無《な》し。孔子曰《こうしいわ》く、操《と》れば則《すなわ》ち存《そん》し、舎《す》つれば則《すなわ》ち亡《ぼう》す。出《しゅつ》入時無《にゅうときな》く、其《そ》の郷《きょう》を知《し》る莫《な》し、と。惟心《ただこころ》の謂《いい》か、と。

◆孟子曰、牛山之木嘗美矣。以㆔其郊㆓於大国㆒也、斧斤伐㆑之。可㆓以為㆒㆑美乎。是其日夜之所㆑息、雨露之所㆑潤、非㆑無㆓萌蘖之生㆒焉。牛羊又従而牧㆑之。是以若㆑彼濯濯也。人見㆓其濯濯㆒也、以為㆑未㆓嘗有㆒㆑材焉。此豈山之性也哉。雖㆘存㆓乎人㆒者㆖、豈無㆓仁義之心㆒哉。其所㆔以放㆓其良心㆒者、亦猶㆓斧斤之於㆒㆑木也。旦旦而伐㆑之、可㆓以為㆒㆑美乎。其日夜之所㆑息、平旦之気、其好悪、与㆑人相近也者、幾希。則其旦昼之所㆑為、有牿㆓亡之㆒矣。牿㆑之反覆、則其夜気不㆑足㆓以存㆒。夜気不㆑足㆓以存㆒、則其違㆓禽獣㆒不㆑遠矣。人見㆓其禽獣㆒也、而以為㆑未㆓嘗有㆒㆑才焉者、是豈人之情也哉。故苟得㆓其養㆒、無㆓物不㆒㆑長。苟失㆓其養㆒、無㆓物不㆒㆑消。孔子曰、操則存、舍則亡。出入無㆑時、莫㆑知㆓其郷㆒。惟心之謂与。

孟子が言った。「牛山《ぎゅうざん》の樹木はかつては美しく繁《しげ》っていた。ところが、斉《せい》の都《と》城《じょう》の郊外にあったので、皆が斧《おの》で樹木を伐採《ばっさい》してしまった。これでどうして美しくいられるだろうか。それでも、樹木は日夜生長し、雨露《あめつゆ》がそれを潤《うるお》すので、芽《め》吹《ぶ》くことが無いというわけではないのだが、人々が牛や羊を放牧するので、このようなつるつるした禿山になってしまった。人々はそのつるつるの様子を見て、昔からずっと木材が無かったのだろう、と考えるのだが、はたしてこれがこの山の本性《ほんせい》であろうか。

人の心《こころ》の内に在るものについても、仁義《じんぎ》の心が無いなどということがあろうか。人が良心を失ってしまうのは、斧の樹木に対するのと同じだ。毎日毎日伐《き》っていたなら、美しくいられるだろうか。

人も〔もともと〕日夜良心が生じ、夜明けには清明《せいめい》の気があるのだが、善《ぜん》を好み悪を憎む心が人間らしいものは稀《まれ》になってしまっている。それは日中の所業が、良心に枷《かせ》をつけて駄目《だめ》にしてしまうからである。このように何度も縛《しば》られていては、夜気《やき》によって生じた良心が存在できない。夜気によって生じた良心が存在できないのであれば、禽獣に近くなってしまう。

人は他人の禽獣のような様子を見て、この人には以前からずっと善をなす資質が無かったのだ、と考えるのだが、はたしてこれがその人の本性であろうか。護り育てれば、生長しない物はない。もしその養育を失ったら、消滅しない物はない。

孔子《こうし》は、『固《かた》く保守していれば存在できるが、放っておくと亡んでしまう。出入りに一定の時はなく、一定の居場所もない』と言っておられるが、それはただ心のことをいったものであろうか」。

❖ ❖ ❖ ❖

孟子の性善説は、人の本性《ほんせい》は生まれながらにして善であるとの主張です。しかし、自分の周りを見まわしてみればすぐに分かるように、すべての人が善人であるなどということは決してありません。そこから、このテーゼには必然的に一つの疑問が生まれます。「悪はどこから生まれるのか」です。

孟子はまず、現在牛山は禿山だが、それは人々が毎日木を切り倒すからで、禿山なのがこの山の本性ではないという譬えを挙げます。人間もそれと同じで、悪を行なうのは毎日良心を切り倒しているからで、悪が人間の本性ではないというわけです。人の本性は善であるはずなのに、世間に悪がはびこる理由の解説です。

また孟子は、「富歳《ふさい》には子弟《してい》頼多《らいおお》く、凶歳《きょうさい》には子弟《してい》暴多《ぼうおお》し（豊作の年には善行をなす者が増え、凶作《きょうさく》の年には悪行をなすものが増える）」（告子上《こくし》）ともいっています。人間の本性は善であるけれども、環境によってその本性が眩《くら》まされ、悪に近づいていってしまうのです。

天爵《てんしゃく》と人爵《じんしゃく》（第16章）

孟子《もうし》曰《いわ》く、天爵《てんしゃく》なる者有《ものあ》り、人爵《じんしゃく》なる者有《ものあ》り。仁義忠信《じんぎちゅうしん》、善《ぜん》を楽《たの》しみて倦《う》まざるは、此《こ》れ天爵《てんしゃく》なり。公《こう》・卿《けい》・大夫《たいふ》は、此《こ》れ人爵《じんしゃく》なり。古《いにしえ》の人《ひと》、其《そ》の天爵《てんしゃく》を脩《おさ》めて、人爵之《じんしゃくこれ》に従《したが》う。今《いま》の人《ひと》、其《そ》の天爵《てんしゃく》を脩《おさ》めて、以《もっ》て人爵《じんしゃく》を要《もと》む。既《すで》に人爵《じんしゃく》を得《え》て、其《そ》の天爵《てんしゃく》を棄《す》つるは、則《すなわ》ち惑《まど》えるの甚《はなは》しき者《もの》なり。終《つい》に亦必《またかなら》ず亡《うしな》わんのみ、と。

◆孟子曰、有㆓天爵者㆒、有㆓人爵者㆒。仁義忠信、楽㆑善不㆑倦、此天爵也。公卿大夫、此人爵也。古之人、脩㆓其天爵㆒、而人爵従㆑之。今之人、脩㆓其天爵㆒、以要㆓人爵㆒。既得㆓人爵㆒、而棄㆓其天爵㆒、則惑之甚者也。終亦必亡而已矣。

孟子が言った。「〔爵位には〕天爵《てんしゃく》というものがあり、人爵《じんしゃく》というものがある。仁義忠信《じんぎちゅうしん》を備《そな》え、善《ぜん》をなすことを楽しんで飽きないのは、天爵である。公《こう》・卿《けい》・大夫《たいふ》といった身分は、人爵である。昔の人は、天爵を得るために修養し、その結果、人爵は特に要求しなくても自然と与えられた。今の人は、人爵を得るという目的のために、手段として天爵を修養している。そうして、人爵が得られると天爵を棄《す》ててしまうが、これはひどい惑《まど》いである。これでは、最終的に人爵も失ってしまうにちがいない」。

❖❖❖❖

天爵《てんしゃく》・人爵《じんしゃく》を説いた本章は、『孟子』中でもよく知られた文章です。天爵とは天から与えられた爵位、人爵とは人から与えられた爵位を意味します。具体的には、仁・義・忠・信の徳と善とを楽しむ心が天爵、公《こう》・卿《けい》・大夫《たいふ》などの政治的社会的身分が人爵にあたります。

孟子は、昔の人は天爵を得ることを目的として、人爵はそれに付随《ふずい》して自然に手に入れたのに対し、今の人は人爵を得ることを目的として、天爵をその手段とするために手に入れようとする、といいます。つまりは本末転倒です。

孔子《こうし》が、「古《いにしえ》の学者《がくしゃ》は己《おのれ》の為《ため》にし、今《いま》の学者《がくしゃ》は人《ひと》の為《ため》にす（昔の学者は自分の修養のために学んだ。近ごろの学者は人に知られるために学ぶ）」（『論語』憲問《けんもん》）と述べるのも本末転倒を戒めたものといえるでしょう。

12 告子《こくし》下

全一六章。さまざまな論題に関する問答や孟子《もうし》の言が雑多に排列されています。

比較《ひかく》の仕方《しかた》（第1章）

任人《じんひと》屋廬子《おくろし》に問《と》う有《あ》り。曰《いわ》く、礼《れい》と食《しょく》と孰《いず》れか重《おも》き、と。曰《いわ》く、礼重《れいおも》し、と。色《いろ》と礼《れい》と孰《いず》れか重《おも》き、と。曰《いわ》く、礼重《れいおも》し、と。曰《いわ》く、礼《れい》を以《もっ》て食《しょく》すれば、則《すなわ》ち飢《う》えて死《し》し、礼《れい》を以《もっ》てせずして食《しょく》すれば、則《すなわ》ち食《しょく》を得《う》。必《かなら》ず礼《れい》を以《もっ》てせんか。親迎《しんげい》すれば、則《すなわ》ち妻《つま》を得《え》ず、親迎《しんげい》せざれば、則《すなわ》ち妻《つま》を得《う》。必《かなら》ず親迎《しんげい》せんか、と。屋廬子《おくろし》対《こた》うる能《あた》わず。明日《めいじつ》鄒《すう》に之《ゆ》き、以《もっ》て孟子《もうし》に告《つ》ぐ。

孟子《もうし》曰《いわ》く、是《こ》れに答《こた》うるに於《お》いてや何《なに》か有《あ》らん。其《そ》の本《もと》を揣《はか》らずして其《そ》の末《すえ》を斉《ひと》しくすれば、方寸《ほうすん》の木《き》も岑楼《しんろう》より高《たか》からしむべし。金《きん》の羽《はね》より重《おも》きは、豈一鉤《あにいっこう》の金《きん》と一輿《いちよ》の羽《はね》とを謂《い》うの謂《いい》ならんや。食《しょく》の重《おも》き者《もの》と礼《れい》の軽《かる》き者《もの》とを取《と》りて之《これ》を比《ひ》せば、奚《なん》ぞ翅《ただ》に食重《しょくおも》きのみならん。色《いろ》の重《おも》き者《もの》と礼《れい》の軽《かる》き者《もの》とを取《と》りて之《これ》を比《ひ》せば、奚《なん》ぞ翅《ただ》に色重《いろおも》きのみならん、と。往《ゆ》きて之《これ》に応《こた》えて曰《い》え、兄《あに》の臂《ひじ》を紾《もと》らして之《これ》が食《しょく》を奪《うば》えば則《すなわ》ち食《しょく》を得《え》、紾《もと》らさざれば則《すなわ》ち食《しょく》を得《え》ざれば、則《すなわ》ち将《まさ》に之《これ》を紾《もと》らさんとするか。東家《とうか》の牆《しょう》を踰《こ》えて其《そ》の処子《しょし》を摟《ひ》けば則《すなわ》ち妻《つま》を得《え》、摟《ひ》かざれば則《すなわ》ち妻《つま》を得《え》ざれば、則《すなわ》ち将《まさ》に之《これ》を摟《ひ》かんとするか、と。

◆任人有レ問二屋廬子一。曰、礼与レ食孰重。曰、礼重。色与レ礼孰重。曰、礼重。曰、以レ礼食、則飢而死、不レ以レ礼食、則得レ食。必以レ礼乎。親迎、則不レ得レ妻、不二親迎一、則得レ妻。必親迎乎。屋廬子不レ能レ対。明日之レ鄒、以告二孟子一。孟子曰、於レ答レ是也何有。不レ揣二其本一而斉二其末一、方寸之木可レ使レ高二於岑楼一。金重二於羽一者、豈謂三一鉤金与二一輿羽一之謂哉。取三食之重者与二礼之軽者一而比レ之、奚翅食重。取三色之重者与二礼之軽者一而比レ之、奚翅色重。往応レ之曰、紾二兄之臂一而奪二之食一則得レ食、不レ紾則不レ得レ食、則将レ紾レ之乎。踰二東家牆一而摟二其処子一則得レ妻、不レ摟則不レ得レ妻、則将レ摟レ之乎。

任国《じんこく》の人が孟子《もうし》の弟子の屋盧《おくろ》子《し》に質問した。「礼と食とではどちらが重要だろうか」。

屋盧子が言った。「礼が重い」。

任国の人「女色《じょしょく》と礼とではどちらが重要だろうか」。

屋盧子「礼が重い」。

任国の人「もし、礼節を守って食事をしようとすると（食物が得られず）餓死せねばならず、礼節を守らず食事をするなら食物を得ることができるとしたら、それでも必ず礼節を守らなければならないだろうか。もし親迎《しんげい》の礼《れい》（新婦を出迎える儀式）を行なおうとすると妻《つま》を娶《めと》ることができず、親迎の礼を行なわないのであれば妻を娶ることができるとしたら、それでも必ず親迎の礼を行なわなければならないだろうか」。

屋廬子は答えることができなかった。それで、翌日鄒《すう》の国に行って孟子に任国の人との会話について告げた。

孟子が言った。「この質問に答えるのは難しくはない。例えば、もしその下を揃《そろ》えずに上だけを揃えるなら、一寸四方の材木でも高楼《こうろう》より高くすることができる。金は羽毛より重いが、これは帯金《おびがね》（帯の留《と》め金《がね》）一つと車一杯の羽毛とを比べて言ったものだろうか。食の重大なものと、礼の些《さ》細《さい》なものとを比べたら、どうして食が重いというだけで済むだろうか。色の重大なものと礼の些細なものとを比べたら、どうして色が重いというだけで済むだろうか。

〔任国の人のところへ〕行って、こう答えなさい。『兄の臂《ひじ》をねじって食物を奪ったら食物を得られるが、ねじらなかったら食物を得られない場合は、ねじろうとするのか。東隣の家の垣根を越えて、その家の処女を〔無理矢理〕引っ張ってくれば妻を得られるが、引っ張ってこなければ妻を得られない場合は、引っ張って連れてこようとするのか』と」。

である孟子に問います。

孟子の弟子の屋廬子《おくろし》は、任国《じんこく》の人と議論した際に返答に窮《きゅう》した質問について、師匠で

❖ ❖ ❖ ❖

任国の人は屋廬子から、先《ま》ず、「礼と食と、礼と色とを比較すると、それぞれ礼の方が重要だ」という言質《げんち》をとります。そうして、「礼を守ると餓死し、礼を守らなければ死なずにすむ」場合と、「〔経済的な問題から〕新婦を出迎える儀式を礼に従ってきちんと行なおうとすれば結婚できず、儀式を省略すれば結婚できる」場合についてどうすべきかを問います。任国の人は、「礼が食や色よりも重要なのであれば、礼を守って餓死したり、礼のために結婚をあきらめたりしろというのか」と言いたいわけです。

孟子の回答は明快かつ説得的です。金と鳥の羽とを比較すれば金の方が重いのは当然ですが、それは同じ体積で比較するからです。帯金《おびがね》一つの金と車一杯の羽では羽の方が重くなります。任国の人の議論もこれと同じで、生死に関わるような重大な食の問題と食事時の些細な礼とでは食の方が、結婚して子孫を残すことができるかといった重大な色の問題と新婦出迎えのやり方といった些細な礼とでは色の方が重要になるのです。

逆に、重大な礼と些細な食や色とを比較するのであれば、礼の方が重要だということ

になります。たとえば伯夷《はくい》・叔斉《しゆくせい》兄弟は、武王《ぶおう》が殷《いん》の紂王《ちゆうおう》を伐《う》ったことを主君殺しだと考え、周《しゆう》の禄《ろく》を食《は》むことを拒否して餓死しましたが、これは食よりも礼を重視した例といえるかもしれません（『史記《しき》』伯夷列伝《はくいれつでん》）。

孟子はごりごりのリゴリスト（厳粛主義者）ではありません。ここにも孟子の「権《けん》」（臨機応変のやり方）を認める姿勢が現れているといえるでしょう。

それぞれの罪人《ざいにん》（第7章）

孟子《もうし》曰《いわ》く、五霸《ごは》は三王《さんおう》の罪人《ざいにん》なり。今《いま》の諸侯《しよこう》は五霸《ごは》の罪人《ざいにん》なり。今《いま》の大《たい》夫《ふ》は今《いま》の諸侯《しよこう》の罪人《ざいにん》なり。天子《てんし》諸侯《しよこう》に適《ゆ》くを巡狩《じゆんしゆ》と曰《い》う。諸侯《しよこう》天子《てんし》に朝《ちよう》するを述職《じゆつしよく》と曰《い》う。春《はる》は耕《たがや》すを省《かえりみ》て足《た》らざるを補《おぎな》い、秋《あき》は斂《おさ》むるを省《かえりみ》て給《た》らざるを助《たす》く。其《そ》の疆《さかい》に入《い》るに、土地《とち》辟《ひら》け、田野《でんや》治《おさ》まり、老《ろう》を養《やしな》い、賢《けん》を尊《たつと》び、俊傑《しゆんけつ》位《くらい》に在《あ》れば、則《すなわ》ち慶《けいあ》有り。慶《けい》するに地《ち》を以《もつ》てす。其《そ》の疆《さかい》に入《い》るに、土地《とち》荒蕪《こうぶ》し、老《ろう》を遺《す》て、賢《けん》を失《うしな》い、掊克《ほうこく》位《くらい》に在《あ》れば、則《すなわ》ち譲《せめ》有《あ》り。一《ひと》たび朝《ちょう》せざれば、則《すなわ》ち其《そ》の爵《しゃく》を貶《おと》し、再《ふたた》び朝《ちょう》せざれば、則《すなわ》ち其《そ》の地《ち》を削《けず》り、三《み》たび朝《ちょう》せざれば、則《すなわ》ち六師《りくし》之《これ》に移《うつ》す。是《こ》の故《ゆえ》に天子《てんし》は討《とう》して伐《ばっ》せず、諸侯《しょこう》は伐《ばっ》して討《とう》せず。五霸《ごは》は、諸侯《しょこう》を摟《ひ》き以《もっ》て諸侯《しょこう》を伐《ばっ》する者《もの》なり。故《ゆえ》に曰《いわ》く、五霸《ごは》は三王《さんおう》の罪人《ざいにん》なり、と。

◆孟子曰、五霸者三王之罪人也。今之諸侯五霸之罪人也。今之大夫今之諸侯之罪人也。天子適㆓諸侯㆒曰㆓巡狩㆒。諸侯朝㆓於天子㆒曰㆓述職㆒。春省㆑耕而補㆑不㆑足、秋省㆑斂而助㆑不㆑給。入㆓其疆㆒、土地辟、田野治、養㆑老、尊㆑賢、俊傑在㆑位、則有㆑慶。慶以㆑地。入㆓其疆㆒、土地荒蕪、遺㆑老、失㆑賢、掊克在㆑位、則有㆑讓。一不㆑朝、則貶㆓其爵㆒、再不㆑朝、則削㆓其地㆒、三不㆑朝、則六師移㆑之。是故天子討而不㆑伐、諸侯伐而不㆑討。五霸者、摟㆓諸侯㆒以伐㆓諸侯㆒者也。故曰、五霸者三王之罪人也。

孟子が言った。「春秋《しゅんじゅう》の五霸《ごは》は三王《さんおう》にとって罪人である。今の諸侯《しょこう》は五霸にとって罪人である。今の大夫《たいふ》は今の諸侯にとって罪人である。

天子が諸侯《しょこう》のところに行くのを巡守《じゅんしゅ》という。諸侯が天子に朝見《ちょうけん》するのを述職《じゅつしょく》という。

〔天子の巡守は〕春は民が耕作する様子を視察して足りない物を補助してやり、秋は民が収穫する様子を視察して足りない物を補助してやる。諸侯の領土に入って、土地が開墾《かいこん》されており、田野《でんや》がうまく利用されており、老人がきちんと養われており、賢者が尊《たっと》ばれており、優れた人物が位に在って政治に当たっていたら、諸侯に褒美《ほうび》として土地を与《あた》える。諸侯の領土に入って、土地が荒廃しており、老人を棄《す》て、賢者が登用されず、ひどい税を取り立てて民衆を苦しめるような人物が位に在って政治に当たっていたら、諸侯を譴責《けんせき》する。

〔諸侯の述職は〕一度入朝《にゅうちょう》を怠《おこた》ると、その爵位を落とし、二度入朝を怠ると、領地を削り、三度入朝を怠ると、軍を差しむけ退位させる。だから天子は討つのであって、伐つのではない。諸侯は伐つのであって、討つのではない。五覇は諸侯を引き連れ、諸侯を伐つ。故に、五覇は三王にとって罪人である、というのである。

五霸《ごは》は、桓公《かんこう》を盛《さか》んなりと為《な》す。葵丘《ききゆう》の会《かい》に、諸侯牲《しよこうせい》を束《つか》ね、書《しよ》を載《の》せて、血《ち》を歃《すす》らず。初命《しよめい》に曰《いわ》く、不孝《ふこう》を誅《ちゆう》し、樹子《じゆし》を易《か》うる無《な》く、妾《しよう》を以《もつ》て妻《つま》と為《な》す無《な》かれ、と。再命《さいめい》に曰《いわ》く、賢《けん》を尊《たつと》び、才《さい》を育《そだ》て、以《もつ》て有徳《ゆうとく》を彰《あらわ》せ、と。三命《さんめい》に曰《いわ》く、老《ろう》を敬《けい》し、幼《よう》を慈《いつく》しみ、賓旅《ひんりよ》を忘《わす》る無《な》かれ、と。四命《しめい》に曰《いわ》く、士《し》は官《かん》を世《よ》よにする無《な》く、官《かん》の事《こと》は摂《せつ》せしむる無《な》く、士《し》を取《と》るは必《かなら》ず得《え》、専《ほしいまま》に大夫《たいふ》を殺《ころ》す無《な》かれ、と。五命《めい》に曰《いわ》く、防《つつみ》を曲《ま》ぐる無《な》く、糴《てき》を遏《とど》むる無《な》く、封《ほう》ずる有《あ》りて告《つ》げざる無《な》かれ、と。曰《いわ》く、凡《およ》そ我《わ》が同盟《どうめい》の人《ひと》、既《すで》に盟《ちか》うの後《のち》、言《ここ》に好《よしみ》に帰《き》せん、と。今《いま》の諸侯《しよこう》は、皆此《みなこ》の五禁《ごきん》を犯《おか》す。故《ゆえ》に曰《いわ》く、今《いま》の諸侯《しよこう》は五霸《ごは》の罪人《ざいにん》なり、と。君《くん》の悪《あく》を長《ちよう》ずるは、其《そ》の罪小《つみしよう》なり。君《くん》の悪《あく》を逢《むか》うるは、其《そ》の罪大《つみだい》なり。今《いま》の大夫《たいふ》は、皆君《みなくん》の悪《あく》を逢《むか》う。故《ゆえ》に曰《いわ》く、今《いま》の大夫《たいふ》は今《いま》の諸侯《しょこう》の罪人《ざいにん》なり、と。

◆五霸、桓公為レ盛。葵丘之会、諸侯束レ牲、載レ書、而不レ歃レ血。初命曰、誅二不孝一、無レ易二樹子一、無下以レ妾為上レ妻。再命曰、尊レ賢、育レ才、以彰二有徳一。三命曰、敬レ老、慈レ幼、無レ忘二賓旅一。四命曰、士無レ世レ官、官事無レ摂、取レ士必得、無三専殺二大夫一。五命曰、無レ曲レ防、無レ遏レ羅、無下有レ封而不レ告。曰、凡我同盟之人、既盟之後、言帰二于好一。今之諸侯、皆犯二此五禁一。故曰、今之諸侯五霸之罪人也。長二君之悪一、其罪小。逢二君之悪一、其罪大。今之大夫、皆逢二君之悪一。故曰、今之大夫今之諸侯之罪人也。

五覇《ごは》の中では、斉《せい》の桓公《かんこう》の事蹟が最も盛大であった。桓公が葵丘《ききゅう》で諸侯らと会盟した時は、犠牲の牛を縛ってその上に誓約書を置いただけで、〔普通の会盟のように〕血を啜《すす》って誓うということはしなかった（桓公にはそのくらい権勢があった）。誓約書の第一条には、不孝の子は殺すべきで、世継《よつぎ》は変更してはならず、妾《しょう》を妻《つま》としてはならない、とある。第二条には、賢人を尊敬し、才能を育《はぐく》み、そうし賓客旅《ひんかく》て有徳者を顕彰《けんしょう》せよ、とある。第三条には、老人を敬《うやま》い、幼児を慈《いつく》しみ、賓客旅人を厚遇せよ、とある。第四条には、士《し》は〔禄《ろく》を世襲《せしゅう》するのであり〕官職を世襲してはならず、官職を一人で兼ねさせてはならず、士を採用するには必ず適材を得なければならず、罪があっても天子の意向を聞かずに大夫《たいふ》を殺してはならない、とある。第五条には、〔自国の利益だけを考え〕堤防《ていぼう》を曲げて造って〔他国を苦しめて〕はならず、凶作《きょうさく》の時、隣国の穀物買い入れを邪魔してはならず、臣下に領地を与えたなら、必ず天子に告げなければならない、とある。さらに、我らが同盟に参加した者は、今後友好関係を保ってゆこう、と記されている。だから、〔これらの盟約に違反している〕今の諸侯は五覇にとって罪人である、というのである。

君主に過ちがあっても諫《いさ》めることができず、君主の悪を増長《ぞうちょう》させるのは、まだ罪は小さい。過ちがない君主を過ちに導くのは、罪が大きい。だから、今の大夫は今の諸侯にとって罪人である、というのである」。

❖　❖　❖　❖

仁義の徳で天下を治めた者を「王者」、武力をもって天下を動かす実力者にのし上がった者を「覇者《はしゃ》」といいます。「三王《さんおう》」とは、夏《か》の禹王《うおう》、殷《いん》の湯王《とうおう》、周《しゅう》の文王《ぶんおう》の三人の王者を指します。「五覇《ごは》」には諸説ありますが、ここでは斉《せい》の桓公《かんこう》、晋《しん》の文公《ぶんこう》、秦《しん》の穆《ぼく》公《こう》、宋《そう》の襄公《じょうこう》、楚《そ》の荘王《そうおう》（または呉《ご》の闔閭《こうりょ》）の五人の覇者を指していると考えられます。「討《う》つ」は、「天子が諸侯に命じ誅伐《ちゅうばつ》させること」を意味し、「伐《う》つ」は、「諸侯が天子の命《めい》を受け誅伐すること」を意味します。本来、諸侯を誅伐する（させる）ことができるのは天子だけです。しかし、五覇は天子の命を受けずに戦争したり、勝手に諸侯を率いて別の諸侯を攻めたりしたため、罪がある、とされているわけです。

三王の高い道徳水準から考えれば、仁義に欠ける五覇は罪人といってよく、仁義を欠くところがあるとはいえ功績も大きい五覇の規準から考えれば、今の諸侯は五覇の禁令も守れぬ罪人にあたるということになります。

ここで言及されている盟約は、諸侯の会盟における決定事項です。当然天下を左右する重みがあるわけですが、その第一条と第三条とが家庭内倫理に関する内容であることには、個人的道徳律が社会の安定につながるという考え方が表れています。

天《てん》が試練《しれん》を与《あた》える者《もの》（第15章）

孟子《もうし》曰《いわ》く、舜《しゅん》は畎畝《けんぽ》の中《うち》より発《おこ》り、傅説《ふえつ》は版築《はんちく》の間《あいだ》より挙《あ》げられ、膠鬲《こうかく》は魚塩《ぎょえん》の中《うち》より挙《あ》げられ、管夷吾《かんいご》は士《し》より挙《あ》げられ、孫叔敖《そんしゅくごう》は海《うみ》より挙《あ》げられ、百里奚《ひゃくりけい》は市《いち》より挙《あ》げらる。故《ゆえ》に天将《てんまさ》に大任《たいにん》を是《こ》の人《ひと》に降《くだ》さんとするや、必《かなら》ず先《ま》ず其《そ》の心志《しんし》を苦《くる》しめ、其《そ》の筋骨《きんこつ》を労《ろう》せしめ、其《そ》の体膚《たいふ》を餓《う》えしめ、其《そ》の身《み》を空乏《くうぼう》にし、行《おこ》ない其《そ》の為《な》す所《ところ》を払乱《ふつらん》せしむ。心《こころ》を動《うご》かし性《せい》を忍《しの》ばせ、其《そ》の能《あた》わざる所《ところ》を曾益《ぞうえき》せしむる所以《ゆえん》なり。人恒《ひとつね》に過《あやま》ち、然《しか》る後《のち》に能《よ》く改《あらた》め、心《こころ》に困《くる》しみ、慮《おもんぱか》りに衡《こう》し、而《しか》る後《のち》に作《おこ》る。色《いろ》に徴《あらわ》れ、声《こえ》に発《はっ》し、而《しか》る後《のち》に喩《さと》る。入《い》りては則《すなわ》ち法家《ほうか》・払士《ひつし》無《な》く、出《い》でては則《すなわ》ち敵国《てきこく》・外《がい》患無《かんな》き者《もの》は、国恒《くにつね》に亡《ほろ》ぶ。然《しか》る後《のち》、憂患《ゆうかん》に生《い》きて安楽《あんらく》に死《し》するを知《し》るなり、と。

◆孟子曰、舜発二於畎畝之中一、傅説挙二於版築之間一、膠鬲挙二於魚塩之中一、管夷吾挙二於士一、孫叔敖挙二於海一、百里奚挙二於市一。故天将レ降二大任於是人一也、必先苦二其心志一、労二其筋骨一、餓二其体膚一、空二乏其身一、行払二乱其所一レ為。所三以動レ心忍レ性、曾二益其所一レ不レ能。人恒過、然後能改、困二於心一、衡二於慮一、而後作。徴二於色一、発二於声一、而後喩。入則無二法家払士一、出則無二敵国外患一者、国恒亡。然後、知下生二於憂患一而死中於安楽上也。

孟子が言った。「舜《しゅん》は田んぼを耕していたところを登用され、傅説《ふえつ》は土木工事に従事していたところを登用され、膠鬲《こうかく》は魚や塩を売買していたところを登用され、管夷吾《かんいご》は士官に囚《とら》われていたところを登用され、孫叔敖《そんしゅくごう》は海辺に隠れ住んでいたところを登用され、百里奚《ひゃくりけい》は市場に隠れていたところを登用された。

天が人に重大な任務を与《あた》えようとする際は、必ず先《ま》ずその人の心《こころ》や志《こころざし》を苦しめ、その筋骨を疲れさせ、その体を飢えさせ、その身を窮乏《きゅうぼう》に陥《おちい》らせ、その行ないと結果とを乱させる。これは、天がその人の心をつつしませ、本性《ほんせい》を堅固にし、それをできないところを改善させるためである。人は常に過《あやま》ちを犯してはじめてそれを改める。心に困《くる》しみ思い余《あま》ってはじめて奮起《ふんき》する。顔色に表れ言葉にしてはじめて理解できる。

〔国家においても同様で〕内には法専門の臣下や君主を輔弼《ほひつ》する賢臣がなく、外には敵国や外患《がいかん》がなければ、国は亡《ほろ》ぶ。その後《あと》で、やっと人は憂患《ゆうかん》に〔耐えて志を堅持することに〕よって〔全《まった》き生を〕生き、安楽によって死ぬということが分かるのである」。

❖ ❖ ❖ ❖

この章は、まず六人の聖人賢人が、若い頃の困難な時代を経て大成したこと述べます。そうしてその事実を、天が大任《たいにん》を任《まか》そうとする人物にまず艱難辛苦《かんなんしんく》を与《あた》え、成長と発奮《はっぷん》とを促《うなが》すことの証拠としています。これは言い方を換えれば、現在困難に苦しんでいるものこそ、将来大事《だいじ》を成し遂げられるということになります。

この言葉は苦境にある人間にとって心の支えとなるものでした。吉田松陰《よしだしょういん》はその著『講孟劄記《こうもうさつき》』に、松陰に連坐《れんざ》して獄《ごく》に繋《つな》がれた佐久間象山《さくましょうざん》が、獄中でこの章を毎日誦読《しょうどく》していたと記しています。苦境にある自分をここに挙《あ》げられた聖人賢人に準《なぞら》え、将来天下の大事を成し遂げることを心に誓っていたのでしょう。

■コラム　春秋《しゅんじゅう》の五覇《ごは》

春秋《しゅんじゅう》の五覇《ごは》とは、春秋時代に天下を取り仕切った五人の強力な諸侯をいいます。

その評価は人によってさまざまで、例えば孟子は、徳によって天下を治める王者と、武力によって天下を抑える覇者《はしゃ》とには本質的な違いがあるとし、王者を評価する一方で覇者を強く非難しました。「仲尼《ちゅうじ》の徒《と》、桓《かん》・文《ぶん》の事《こと》を道《い》う者《もの》無《な》し（孔子《こうし》の門人に、桓公《かんこう》・文公《ぶんこう》の事蹟について語るものはいない）」（梁恵王《りょうけいおう》上）といっているのはそのためです。これに対して荀子《じゅんし》は、覇者と王者との差は程度問題だとして覇者にも一定の価値を認めます。

誰をもって五覇とするのかは、定説がありません。『孟子』告子下篇趙岐注《ちょうきちゅう》および『白虎通《びゃっこつう》』号《ごう》篇は、斉《せい》の桓公・晋《しん》の文公・秦《しん》の穆公《ぼくこう》・宋《そう》の襄公《じょうこう》・楚《そ》の荘王《そうおう》を、『荀子《じゅんし》』王覇《おうは》篇は、斉の桓公・晋の文公・楚の荘王・呉王闔閭《ごおうこうりょ》・越王勾践《えつおうこうせん》を、また『白虎通』号篇は、斉の桓公・秦の穆公・晋の文公・楚の荘王・呉王闔閭を、

『漢書《かんじょ》』諸王侯表注《しょおうこうひょうちゅう》は、斉の桓公・晋の文公・秦の穆公・宋の襄公・呉王夫差《ふさ》を五覇としています（『白虎通』号篇は二説載す）。

中でも斉の桓公と晋の文公とは五覇の代表格とされ、「斉桓晋文《せいかんしんぶん》」と並称されます。

13 尽《じん》心《しん》上

全四六章。短く断片的な孟子《もうし》の言葉が多くを占めます。

性善説《せいぜんせつ》の根拠《こんきょ》（第1章）

孟子《もうし》曰《いわ》く、其《そ》の心《こころ》を尽《つ》くす者《もの》は、其《そ》の性《せい》を知《し》るなり。其《そ》の性《せい》を知《し》れば、則《すなわ》ち天《てん》を知《し》るなり。其《そ》の心《こころ》を存《そん》し、其《そ》の性《せい》を養《やしな》うは、天《てん》に事《つか》うる所以《ゆえん》なり。殀寿弐《ようじゅうたが》わず、身《み》を修《おさ》めて以《もっ》て之《これ》を俟《ま》つは、命《めい》を立《た》つる所以《ゆえん》なり、と。

◆孟子曰、尽二其心一者、知二其性一也。知二其性一、則知レ天矣。存二其心一、養二其性一、所コ以事レ天也。殀寿不レ弐、修レ身以俟レ之、所コ以立レ命也。

孟子《もうし》が言った。「心《こころ》を極《きわ》め尽《つ》くす者は、人の本性《ほんせい》を理解することができる。人の本性を理解すれば、天について理解することができる。心をかたく守り、本性を養うことが、天に事《つか》える方法である。寿命を疑わず、我が身を修養して、そうして死を待つのは、天命《てんめい》を全うする方法である」。

❖　❖　❖　❖

短文ながら、孟子《もうし》の思想の根幹《こんかん》に関わる内容です。孟子は一貫して、人の性《せい》は善《ぜん》であり、その善性《ぜんせい》を拡充していくことが大切だと唱《とな》えますが、ここではその根拠の一旦が示されています。

孟子は公孫丑《こうそんちゆう》上篇において、人の性が善《ぜん》であることの理由を、人が徳の四端《したん》（惻隠《そくいん》・羞悪《しゅうお》・辞譲《じじょう》・是非《ぜひ》）を持っていることから説明していました。ただ、これは人の性が善《ぜん》であるのは、善性（四端）を持っているからだ、というにとどまり、その根拠については、もう一歩進んだ説明が必要でしょう。

本章で、心について知れば性が分かり、性について知れば天が分かるとされていることから、「性」・「心」・「天」が密接な関係を有することが分かります。これらの関係について、告子《こくし》上篇では、「天《てん》の蒸民《じょうみん》を生《しょう》ずる、物有《ものあ》れば則有《のりあ》り。民《たみ》の秉夷《へいい》、是《こ》の懿徳《いとく》を好《この》む（天が万民を生むのに、万物には必ず法則があるようにした。民は常にその法則を守り、その美徳を好む）」（大雅《たいが》、蒸民《じょうみん》）という『詩経《しきょう》』の言葉が引かれています。この詩によれば、万物万民とそれらを支配監督する法則とは、天によって生み出されているのであり、ここから、人の性も先天的に天が賦与《ふよ》したものだという理屈が導かれます。

古代中国において、天とは、根源であり普遍《ふへん》であり完全な善《ぜん》だと考えられました。性が単なる自然由来の性質ではなく、その背後に道徳律の象徴である天が存在するとすることによって、性の善性が保証されているのです。

正《ただ》しい運命《うんめい》（第2章）

孟子《もうし》曰《いわ》く、命《めい》に非《あら》ざるは莫《な》し。順《したが》いて其《そ》の正《せい》を受《う》く。是《こ》の故《ゆえ》に、命《めい》を知《し》る者《もの》は、巖牆《がんしょう》の下《もと》に立《た》たず。其《そ》の道《みち》を尽《つ》くして死《し》する者《もの》は、正命《せいめい》なり。桎《しっ》梏《こく》して死《し》する者《もの》は、正命《せいめい》に非《あら》ざるなり、と。

◆孟子曰、莫レ非レ命也。順受二其正一。是故、知レ命者、不レ立二乎巖牆之下一。尽二其道一而死者、正命也。桎梏死者、非二正命一也。

孟子が言った。「〔人の生や吉凶禍福《きっきょうかふく》は〕すべて天命《てんめい》でないものはない。〔君子は〕素直に正しい運命《うんめい》を受け入れる。だから、天命《てんめい》を知る者は、倒れそうな垣《かき》の下には立たない。力を尽《つ》くして道を全うしてから死ぬのは、正しい運命《うんめい》である。刑死《けいし》するのは、正しい運命《うんめい》ではない」。

❖❖❖❖

吉凶禍福《きっきょうかふく》といったさまざまな運命の中でも、人のあり方や行動の結果発生したものとは異なり、天が与《あた》える運命が「正命《せいめい》」です。垣根が倒れて圧死するのも運命ですが、わざわざ倒れそうな垣根の下に立ったためにそうなったのであれば、それは人の愚かな行為の結果であって、天が与えた正しい運命（正命）ではありません。悪事を行なった結果、刑死するというのも同様です。

ここで述べられているのは、苦境に陥ったからといって、それを運命だと考え何もしないようではいけない、つまり、人事を尽くして天命を待つのが人の執《と》るべき道なのだ、ということでしょう。

良知《りょうち》と良能《りょうのう》（第15章）

孟子《もうし》曰《いわ》く、人《ひと》の学《まな》ばずして能《よ》くする所《ところ》の者《もの》は、其《そ》の良能《りょうのう》なり。慮《おもんぱか》らずして知《し》る所《ところ》の者《もの》は、其《そ》の良知《りょうち》なり。孩提《がいてい》の童《わらわ》も、其《そ》の親《おや》を愛《あい》するを知《し》らざる者無《ものな》く、其《そ》の長《ちょう》ずるに及《およ》びてや、其《そ》の兄《あに》を敬《けい》するを知《し》らざる無《な》し。親《しん》を親《した》しむは、仁《じん》なり。長《ちょう》を敬《うやま》うは、義《ぎ》なり。他《た》無《な》し。之《これ》を天下《てんか》に達《たつ》するなり、と。

◆孟子曰、人之所㆓不㆑学而能㆒者、其良能也。所㆓不㆑慮而知㆒者、其良知也。孩提之童、無㆘不㆑知㆑愛㆓其親㆒者㆖、及㆓其長㆒也、無㆑不㆑知㆑敬㆓其兄㆒也。親㆑親、仁也。敬㆑長、義也。無㆑他。達㆓之天下㆒也。

孟子が言った。「人が学習によらず、生まれつき行なえるものは、人の良能《りょうのう》である。思慮によらず、生まれつき知っているものは、人の良知《りょうち》である。二、三歳の子供でも、自分の親《おや》を愛することを知らない者はいない。成長するに及んで、自分の兄を尊敬することを知らない者はいない。親《おや》に親しむのは、仁である。年長者を敬うのは、義である。他のものではない。〔あらゆる人が皆《みな》、親《おや》に親しみ年長者を敬うのは〕仁義は天下を通じて皆に同じだからである」。

❖❖❖❖

この章の内容は、孟子《もうし》の良知良能説《りょうちりょうのうせつ》と呼ばれます。親を愛する心や、兄を敬《うやま》う心は生得的なもので、それらがイコール仁・義である、という主張です。仁義といった道徳を生得的資質と見る良知良能説《りょうちりょうのうせつ》は、性善説《せいぜんせつ》・四端説《したんせつ》といった孟子の思想と密接に関係するものです。

後、明《みん》の王陽明《おうようめい》は、『大学』の八条目、格物《かくぶつ》・致知《ちち》・誠意《せいい》・正心《せいしん》・修身《しゅうしん》・斉家《せいか》・治《ち》国《こく》・平天下《へいてんか》の「致知《ちち》」の「知《ち》」を、この「良知」のことと考え「致良知《ちりょうち》」の説を立てました。「良知を致す」つまり、人間の生得的な善性を実現することが重要だという主張です。

三《みっ》つの楽《たの》しみ（第20章）

孟子《もうし》曰《いわ》く、君子《くんし》に三楽有《さんらくあ》り。而《しか》して天下《てんか》に王《おう》たるは与《あずか》り存《そん》せず。父母《ふぼ》倶《とも》に存《そん》し、兄弟故《けいていこ》無《な》きは、一《いち》の楽《たのしみ》なり。仰《あお》ぎて天《てん》に愧《は》じず、俯《ふ》して人《ひと》に怍《は》じざるは、二《に》の楽《たのしみ》なり。天下《てんか》の英才《えいさい》を得《え》て之《これ》を教育《きょういく》するは、三《さん》の楽《たのしみ》なり。君《くん》子《し》に三楽有《さんらくあ》り。而《しか》して天下《てんか》に王《おう》たるは与《あずか》り存《そん》せず、と。

◆孟子曰、君子有㆓三楽㆒。而王㆓天下㆒不㆓与存㆒焉。父母倶存、兄弟無㆑故、一楽也。仰不㆑愧㆓於天㆒、俯不㆑怍㆓於人㆒、二楽也。得㆓天下英才㆒而教㆓育之㆒、三楽也。君子有㆓三楽㆒。而王㆓天下㆒不㆓与存㆒焉。

孟子が言った。「君子には三つの楽しみがある。天下に王となることはこれに関係がない。父母がともに健在で、兄弟に事故がないのは、第一の楽しみである。天を仰いで天に対して愧《は》じるところが無く、俯《うつむ》いて人に対して慚《は》じるところがないのは、第二の楽しみである。天下の英才を弟子として教育を施すのは、第三の楽しみである。君子には三つの楽しみがある。天下に王となることはこれに関係がない」。

❖ ❖ ❖ ❖

君子の楽しみについて述べます。第一が身近な人への情愛、第二が自己の道徳的完成、第三が教育の喜び、に関するもので、天下の王となることの否定は、これまで何度も主張されてきた富貴《ふうき》への無関心とつながります。

儒教《じゅきょう》では、身近な人への情愛を推《お》し広《ひろ》げて最終的に万民に及ぼすことを目指し、また一方、自己の道徳的完成が天下の安定につながると考えます。第一の楽しみと第二の楽しみはこのことについて述べたものです。第三の楽しみは、個人の楽しみであるとともに、英才への教育によって、未来に天下安定の望みを託すという含意《がんい》があるのでしょう。

儒教は基本的に、「聖人には学習によって至ることができる」と考え、教育を重視しました。孔子も、「性相近《せいあいちか》し。習相遠《ならいあいとお》し（人の本性《ほんせい》は似かよったものだが、学習によって遠く違いがでる）」（『論語《ろんご》』陽貨《ようか》）といっています。

「英才」「教育」「育英」といった教育関連の言葉は、この章を出典としています。

楊子《ようし》と墨子《ぼくし》（第26章）

孟子《もうし》曰《いわ》く、楊子《ようし》は我《わ》が為《ため》にするを取《と》る。一毛《いちもう》を抜《ぬ》きて天下《てんか》を利《り》するも、為《な》さず。墨子《ぼくし》は兼愛《けんあい》す。頂《いただき》を摩《ま》して踵《きびす》に放《いた》るも、天下《てんか》を利《り》するは之《これ》を為《な》す。子莫《しばく》は中《ちゅう》を執《と》る。中《ちゅう》を執《と》るは之《これ》に近《ちか》しと為《な》すも、中《ちゅう》を執《と》りて権無《けんな》ければ、猶一《なおいち》を執《と》るがごとし。一《いち》を執《と》るを悪《にく》む所《ところ》は、其《そ》の道《みち》を賊《そこな》うが為《ため》なり。一《いち》を挙《あ》げて百《ひゃく》を廃《はい》すればなり、と。

◆孟子曰、楊子取レ為レ我。抜二一毛一而利二天下一、不レ為也。墨子兼愛。摩レ頂放レ踵、利二天下一為レ之。子莫執レ中。執レ中為レ近レ之、執レ中無レ権、猶レ執レ一也。所レ悪レ執レ一者、為ニ其賊レ道也。挙レ一而廃レ百也。

孟子が言った。「楊子《ようし》は自分の為《ため》になることだけをする。たとえ、一本の毛を抜けば天下の利益となるようなことがあったとしても、決して行なわない。墨子《ぼくし》は兼愛《けんあい》する。頭から踵《かかと》まで全身を磨り減《す》らし《へ》ても、天下の利益となるのであれば、それを行なう。子莫《しばく》はその中間をとる。中間をとるのは、道に近いといえるが、中間をとるだけで権《けん》がないのであれば、一つの方法に固執《こしつ》するのと変らない。一つの方法に固執するのを憎《にく》むのは、それが道に害があるからである。一つのことを採用してその他の百のことを捨て去ることだからである」。

❖ ❖ ❖ ❖

「楊子《ようし》」「墨子《ぼくし》」とは、滕文公《とうぶんこう》下篇においても強く非難されていた楊朱《ようしゅ》と墨翟《ぼくてき》とのことです。この章では、彼らの説について述べられています。一本の毛を抜くだけで天下の役《やく》に立つことができるとしても、それをしない楊朱と、わが身全てを犠牲《ぎせい》にしても天下の役《やく》に立てるのならそれを実行する墨翟とのやり方は、極端な利己主義と極端な利他主義とであり、まったく正反対の立場といってよいでしょう。ただ、極端という点では一致しています。極端に固執するようなやり方を、孟子は是《ぜ》としません。

ではその両極端の中間を執《と》ればよいのかというと、そうでもありません。常に中間を執るというのは、常に極端を執るのと同じように、これも一つの固執だからです。楊墨《ようぼく》両者の説は、滕文公《とうぶんこう》下篇においては、その内容面からの批判がなされていましたが、ここでの批判は、その「固執」という性質に焦点が当てられています。

孟子が主張するのは、一つのやり方に固執せず、臨機応変に対処すること、即《すなわ》ち「権《けん》」なのです。

14 尽《じん》心《しん》下

全三八章。上篇同様、ほとんどが短い孟子《もうし》の言葉です。孟子《もうし》の民本思想《みんぽんしそう》を述べたものとして、第一四章がよく知られています。

春秋《しゅんじゅう》に義戦《ぎせん》無《な》し（第2章）

孟子《もうし》曰《いわ》く、春秋《しゅんじゅう》に義戦《ぎせん》無《な》し。彼《かれ》、此《こ》れより善《よ》きは、則《すなわ》ち之《これ》有《あ》り。征《せい》とは、上下《かみしも》を伐《う》つなり。敵国《てきこく》は相征《あいせい》せざるなり、と。

◆孟子曰、春秋無㆓義戦㆒。彼、善㆓於此㆒、則有㆑之矣。征者、上伐㆑下也。敵国不㆓相征㆒也。

孟子《もうし》が言った。「『春秋《しゅんじゅう》』〔の記す春秋時代〕に正義の戦争はない。彼《か》の戦争が此《こ》の戦争より、比較的善いということくらいはある。『征《せい》』とは、上が下を征伐《せいばつ》することであって、〔対等の諸侯《しょこう》の〕敵国同士が互いに征伐しあうことはない」。

❖❖❖❖

春秋時代とは、いくつか説がありますが、大体紀元前七七〇年から紀元前四〇三年までのあたりをいいます。「春秋」の名は、孔子《こうし》が編纂《へんさん》したとされる年代記『春秋』からとられており、『春秋』に記述されている時代、という意味があります。

春秋時代、天下を治める天子として周王《しゅうおう》が存在していましたが、しだいに数多くの諸侯が割拠するようになり、周王の権威は名ばかりのものとなっていきました。諸侯は互いに領土拡張のために戦争をくり返していましたが、孟子はこれらの戦争は、すべて「義戦《ぎせん》」（義《ぎ》に適《かな》った戦争）ではない、と断じます。「五《ご》覇は三王《さんおう》の罪人《ざいにん》なり」（告子《こくし》下）などとされる所以《ゆえん》です。孟子にとって、天子が罪のある諸侯を討《う》つことだけが正義の戦争として認められるものだったのです。

滕文公《とうぶんこう》下篇に、「周の王道が衰え、君を弑《しい》する臣や父を殺す子が現れるようになった。この世の行く末を深く憂えた孔子は、その思いを込めて『春秋』を編纂した」と記されています。ここから後世、『春秋』に込められた孔子の思い（春秋の義）を解明しようという学問が生まれ、「春秋学」と呼ばれました。孟子のこの言《げん》は、その先駆《さきが》けといえるでしょう。

書物妄信《しょもつもうしん》の戒《いまし》め（第3章）

孟子《もうし》曰《いわ》く、尽《ことごと》く書《しょ》を信《しん》ずれば、則《すなわ》ち書無《しょな》きに如《し》かず。吾武成《われぶせい》に於《お》いて、二三策《にさんさく》を取《と》るのみ。仁人《じんじん》は天下《てんか》に敵無《てきな》し。至仁《しじん》を以《もっ》て至不仁《しふじん》を伐《う》つ。而《しか》るに何《なん》ぞ其《そ》の血《ち》の杵《きね》を流《なが》さんや、と。

◆孟子曰、尽信レ書、則不レ如レ無レ書。吾於二武成一、取二二三策一而已矣。仁人無レ敵二於天下一。以二至仁一伐二至不仁一。而何其血之流レ杵也。

孟子が言った。「『書経《しょきょう》』を全て信じるのなら、むしろ『書経』がない方がよい。私は武成篇《ぶせいへん》においては、その中の二、三行を採用するだけだ。仁人《じんじん》は天下に敵はいない。最も仁である武王が最も不仁である紂王《ちゅうおう》を伐《う》ったのに、大量の血のために杵《きね》が流れるというようなことがあるだろうか〔そんな激戦になるはずがない〕」。

❖　❖　❖　❖

ここでの「書《しょ》」とは、『書経《しょきょう》』を指します。『書経』は四書五経《ししょごきょう》の五経のうらに数えられる儒教の中心経典の一つです。堯《ぎょう》・舜《しゅん》及び夏《か》・殷《いん》・周《しゅう》の三王朝の王の事蹟について記されています。「武成《ぶせい》」は『書経』の篇名で、現在本物は散佚《さんいつ》して伝わっていません。「血《ち》の杵《きね》を流せる（血に浮かんだ杵《きね》が流れた）」との記述は、周の武王が殷《いん》の紂王《ちゅうおう》を征伐《せいばつ》した際の描写です。武王《ぶおう》は聖人であり、紂王《ちゅうおう》は悪王の代表的人物ですから、儒者はこの戦いを、「紂王の暴君ぶりに苦しむ殷《いん》の兵士たちは、皆、武王率《ひき》いる解放軍に対して全く抵抗せず喜んで迎え入れた」と考えていました。そうであれば、「激戦によって杵《きね》が浮くほど大量の血が流れた」との記述と矛盾が生じることになります。

現在では「尽《ことごと》く書を信ずれば、則《すなわ》ち書無きに如《し》かず」という言葉は、「書」を一般の書物に拡張し、書物を妄信することを戒《いまし》めた格言《かくげん》として用いられることが多くなっています。

民《たみ》は貴《たっと》く君《くん》は軽《かろ》し（第14章）

孟子《もうし》曰《いわ》く、民《たみ》を貴《たっと》しと為《な》し、社稷之《しゃしょくこれ》に次《つ》ぎ、君《くん》を軽《かろ》しと為《な》す。是《こ》の故《ゆえ》に、丘民《きゅうみん》に得《え》て天子《てんし》と為《な》り、天子《てんし》に得《え》て諸侯《しょこう》と為《な》り、諸侯《しょこう》に得《え》て大夫《たいふ》と為《な》る。諸侯社稷《しょこうしゃしょく》を危《あやう》くすれば、則《すなわ》ち変置《へんち》す。犠牲《ぎせい》既《すで》に成《な》り、粢盛《しせい》既《すで》に潔《いさぎよ》く、祭祀《さいし》時《とき》を以《もっ》てす。然《しか》り而《しこう》して旱乾水溢《かんかんすいいつ》すれば、則《すなわ》ち社稷《しゃしょく》を変置《へんち》す、と。

◆孟子曰、民為レ貴、社稷次レ之、君為レ軽。是故、得ニ乎丘民一而為ニ天子一、得ニ乎天子一為ニ諸侯一、得ニ乎諸侯一為ニ大夫一。諸侯危ニ社稷一、則変置。犠牲既成、粢盛既潔、祭祀以レ時。然而旱乾水溢、則変ニ置社稷一。

孟子が言った。「〔国家にとって〕民が最も貴《たっと》く、社稷《しゃしょく》（土地や五穀の神）がこれに次《つ》ぎ、君主は軽い。だから、民衆の心を得た者が天子となり、天子の心を得た者が諸侯となり、諸侯の心を得た者が大夫《たいふ》となる。君主（諸侯）が社稷に害をなすと、退位させて新しい君主を立てる。社稷に供える犠牲が十分に肥《こ》え、供え物の黍《きび》の器は清潔で、祭祀《さいし》も正しい時期に行なわれているのに、〔社稷の神が民の為に〕旱魃《かんばつ》や水害を禦《ふせ》ぐことができないのなら、社稷の祭壇《さいだん》を一度毀《こわ》して、あらためて置く」。

❖❖❖❖

孟子は、「民《たみ》」の意識を天の意志が現れたものと考え（万章上《ばんしょう》）、人材登用には輿論《よろん》を重視するよう主張しました（梁恵王下《りょうけいおう》）。さらには、国を亡ぼすような過《あやま》ちを犯して改めない君主は、退位させてもよいともいっています（万章下）。「民《たみ》を貴《たつと》しと為《な》し、社稷《しゃしょく》之《これ》に次《つ》ぎ、君《くん》を軽《かろ》しと為《な》す」は、こういった孟子の民本主義的《みんぽんしゅぎてき》な思想を最も端的《たんてき》に表した句として有名です。またこのことから、梁恵王上篇の革命是認論や万章下篇の君主廃立可能論とともに、後世大いに物議を醸《かも》しました。

中国における君臣関係は、もともと臣は君主個人に仕えるものとの意識が強かったものが、秦《しん》・漢《かん》の統一帝国成立を経て、国家機構に仕えるものだという意識に変っていったと考えられていますが、本章からは、孟子がすでに君より国家（社稷《しゃしょく》）を重んじるという観念を有していたことが窺われます。

本性《ほんせい》と天命《てんめい》との関係《かんけい》（第24章）

孟子《もうし》曰《いわ》く、口《くち》の味《あじ》に於《お》ける、目《め》の色《いろ》に於《お》ける、耳《みみ》の声《こえ》に於《お》ける、鼻《はな》の臭《におい》に於《お》ける、四肢《しし》の安佚《あんいつ》に於《お》ける、性《せい》なり。命有《めいあ》り。君子《くんし》は性《せい》と謂《い》わず。仁《じん》の父子《ふし》に於《お》ける、義《ぎ》の君臣《くんしん》に於《お》ける、礼《れい》の賓主《ひんしゅ》に於《お》ける、智《ち》の賢者《けんじゃ》に於《お》ける、聖人《せいじん》の天道《てんどう》に於《お》けるは、命《めい》なり。性有《せいあ》り。君子《くんし》は命《めい》と謂《い》わず、と。

◆孟子曰、口之於レ味也、目之於レ色也、耳之於レ声也、鼻之於レ臭也、四肢之於二安佚一也、性也。有レ命焉。君子不レ謂レ性也。仁之於二父子一也、義之於二君臣一也、礼之於二賓主一也、智之於二賢者一也、聖人之於二天道一也、命也。有レ性焉。君子不レ謂レ命也。

孟子が言った。「口がおいしいものを欲し、目が美しい音楽を欲し、鼻がよい匂《にお》いを欲し、手足が安楽《あんらく》であることを欲するのは、人の本性《ほんせい》である。〔ただ、欲するものを得られるかどうかは〕天命《てんめい》である。だから君子はこれを本性とはいわない。

父子関係における仁《じん》、君臣関係における義《ぎ》、主客関係における礼《れい》、賢者における智《ち》、天道における聖人《せいじん》は、天命である。〔ただし、人の身に現れる際は〕本性である。だから〔一般の人はこれらを得られないと、天命だと言い訳して努力をしないが〕君子はこれを天命とはいわない」。

❖❖❖❖

孟子はここで、おいしいものを食べたい、美しいものを見たい、よい音楽を聞きたい、よい匂《にお》いを嗅《か》ぎたい、という欲求を一旦性《いったんせい》だと認めます。しかしこれらが得られるかどうかは運命《うんめい》によります。小人は、「欲は人間の本性《ほんせい》だから」といってこれらの欲に対する執着を正当化します。君子はこれらが得られなくても気にしませんので、「本性」という言い訳を使うこともありません。

次に、仁義礼智《じんぎれいち》といった徳が実現できるかどうかは、運命によるところがあると認めます。しかし、実現できるかどうかは運命によるとしても、人は生まれつき仁義礼智を本性として持っているので、君子は「運命」という言葉で徳の実現をあきらめたりはしません。

仁義礼智といった徳が人の本性であるとの主張は『孟子』で幾度も見られるものですが、ここでは、欲も性《せい》だと認めています。これに従えば、性には道徳的なものと本能的なものとの二つの性質があることになります。告子《こくし》の「食《しょく》と色《いろ》とは、性《せい》なり（食欲と色欲とは性である）」（告子上）という説との関係も興味深いのですが、残念ながらこれ以上詳しい説明は見えません。

これら二種の性は、宋代《そうだい》に至って「本然《ほんねん》の性《せい》」「気質《きしつ》の性《せい》」として区別され、より高度な議論が繰り広げられてゆくことになります。

心《こころ》の修養法《しゅうようほう》（第35章）

孟子《もうし》曰《いわ》く、心《こころ》を養《やしな》うは寡欲《かよく》より善《よ》きは莫《な》し。其《そ》の人《ひと》と為《な》りや寡欲《かよく》なれば、存《そん》せざる者有《ものあ》りと雖《いえど》も、寡《すくな》し。其《そ》の人《ひと》と為《な》りや多欲《たよく》なれば、存《そん》する者有《ものあ》りと雖《いえど》も、寡《すくな》し、と。

◆孟子曰、養レ心莫レ善二於寡欲一。其為レ人也寡欲、雖レ有二不レ存焉者一、寡矣。其為レ人也多欲、雖レ有二存焉者一、寡矣。

孟子が言った。「心を修養するには、欲を少なくするより善い方法はない。欲が少ない性質であれば、仁義《じんぎ》の心に欠けるところがあっても、欠けるのは少なくてすむ。欲が多い性質であれば、仁義の心があったとしても、少ないものだ」。

❖ ❖ ❖ ❖

欲とは、口鼻耳目四肢《こうびじもくしし》の欲（尽心《じんしん》下）を指します。欲望は、人間である以上根絶することはできませんが、欲望のままに振る舞っては、人の善なる本性《ほんせい》を失ってしまうことになります。孟子は本能的欲求を全面的に否定したりはしません。根絶できないことを認め、その上でできるだけ少なくすることを主張しているのです。

「心を養うは寡欲より善きは莫し」の一句は、『孟子』の修養論の中でも、最も単純かつ明快なものといえるでしょう。

孔子《こうし》を継《つ》ぐもの（第38章）

孟子《もうし》曰《いわ》く、堯《ぎょう》・舜《しゅん》より湯《とう》に至《いた》るは、五百有余歳《ごひゃくゆうよさい》。禹《う》・皐陶《こうよう》の若《ごと》きは、則《すなわ》ち見《み》て之《これ》を知《し》る。湯《とう》の若《ごと》きは、則《すなわ》ち聞《き》きて之《これ》を知《し》る。湯《とう》より文王《ぶんおう》に至《いた》るは、五百有余歳《ごひゃくゆうよさい》。伊尹《いいん》・萊朱《らいしゅ》の若《ごと》きは、則《すなわ》ち見《み》て之《これ》を知《し》る。文王《ぶんおう》の若《ごと》きは、則《すなわ》ち聞《き》きて之《これ》を知《し》る。文王《ぶんおう》より孔子《こうし》に至《いた》るは、五百有余歳《ごひゃくゆうよさい》。太公望《たいこうぼう》・散宜生《さんぎせい》の若《ごと》きは、則《すなわ》ち見《み》て之《これ》を知《し》る。孔子《こうし》の若《ごと》きは、則《すなわ》ち聞《き》きて之《これ》を知《し》る。孔子《こうし》より而来今《このかたいま》に至《いた》るは、百有余歳《ひゃくゆうよさい》。聖人《せいじん》の世《よ》を去《さ》ること、此《かく》の若《ごと》く其《そ》れ未《いま》だ遠《とお》からず。聖人《せいじん》の居《きょ》に近《ちか》きこと、此《かく》の若《ごと》く其《そ》れ甚《はなは》だし。然《しか》り而《しこう》して有《あ》る無《な》ければ、則《すなわ》ち亦有《またあ》る無《な》からん、と。

◆孟子曰、由二堯舜一至二於湯一、五百有余歳。若二禹皐陶一、則見而知レ之。若レ湯、則聞而知レ之。由レ湯至二於文王一、五百有余歳。若二伊尹萊朱一、則見而知レ之。若二文王一、則聞而知レ之。由二文王一至二於孔子一、五百有余歳。若二太公望散宜生一、則見而知レ之。若二孔子一、則聞而知レ之。由二孔子一而来至二於今一、百有余歳。去二聖人之世一、若レ此其未レ遠也。近二聖人之居一、若レ此其甚也。然而無レ有乎爾、則亦無レ有乎爾。

孟子が言った。「堯《ぎょう》・舜《しゅん》より湯王《とうおう》まで、五百年あまり経過している。禹《う》や皐陶《こうよう》のころの人は、堯舜の道を直接見て知っている。湯王のころの人は、伝え聞いて知っている。湯王より文王《ぶんおう》まで、五百年あまり経過している。伊尹《いいん》や萊朱《らいしゅ》のころの人は、湯王の道を直接見て知っている。文王のころの人は、伝え聞いて知っている。文王より孔子まで、五百年あまり経過している。太公望《たいこうぼう》や散宜生《さんぎせい》のころの人は、文王の道を直接見て知っている。孔子のころの人は、伝え聞いて知っている。

孔子より今まで、百年あまりである。〔現在は〕聖人が世を去ってから、あまり遠くはない。〔私のいる鄒国《すうこく》は〕聖人の郷里にこんなに近い。今、孔子の道を伝える者がいないのであれば、伝える者がいなくなってしまうであろう〔だから私は孔子の道を伝えることをやめない〕」。

❖❖❖❖

亜聖殿扁額（鄒城　孟廟）

『孟子』の最終章です。堯・舜から湯王まで、湯王から文王まで、文王から孔子までの間がそれぞれ五百年あまりであったといっています。

孟子は、聖人（王者）は五百年周期で現れると考えていたらしく、「五百年にして必《かなら》ず王者《おうじゃ》の興《おこ》る有《あ》り（五百年ごとに必ず有徳の王者が現れる）」（公孫丑《こうそんちゅう》下）とも述べています。

次の聖人が現れるには、五百年といった長いスパンを経《へ》ますが、必ず聖人の徳や事蹟を見知った人間が後世に伝え、次の聖人へと先王《せんおう》の道《みち》は受け継がれてきました。孟子は、孔子が逝去して百年あまりの孟子当時ですら孔子の教えが伝わらないのであれば、今後孔子の教えを知る者がいなくなってしまうであろう、と憂慮します。勿論《もちろん》そんなことは孟子にとって認められることではありません。

この章は、孔子の教えを正しく受け継ぐべきことを自《みずか》ら任じたものと読みとれますが、吉田松陰《よしだしょういん》はさらに、「其《そ》の後世《こうせい》に望《のぞ》む所《ところ》の意《い》、言表《げんぴょう》に隠然《いんぜん》たり（後世の人に期待する気持ちが、言葉に秘められている）」（『講孟箚記《こうもうさつき》』）と述べており、孟子がさらに未来の人たちにも道を伝え続けてゆくことを期待していたと理解しています。

■コラム　五覇《ごは》の故事《こじ》

五覇《ごは》は歴史を左右した有名人だけあり、本人やまわりの人物に多くのエピソードが残っています。

例えば斉《せい》の桓公《かんこう》は、斉公《せいこう》に即位すると、以前自分の命を狙ったことのある管《かん》仲《ちゅう》を宰相《さいしょう》に任命します。これは、もともと桓公の臣下であった鮑叔牙《ほうしゅくが》の推挙《すいきょ》によるものでした。桓公は鮑叔牙の、「国内を治めるだけなら自分ともう一人の臣下とで十分です。しかし公《こう》が天下統一をお考えなら宰相として管仲が必要です」との言葉に従い管仲を取り立てます。

管仲と鮑叔牙とは若い頃からの親友でした。管仲は「自分はかつて鮑叔と一緒に商売をした。私は多く利益を取ったが、鮑叔は賤《いや》しいとはいわなかった。私が貧乏だと知っていたからだ。自分はかつてある計画を立てたが失敗した。しかし鮑叔は愚《おろ》かだとはいわなかった。物には有利不利の時期があると知っていたからだ。自分はかつて三回戦って三回逃げ出した。しかし鮑叔は憶病者とはいわなかった。自分には年老《としお》いた母がいることを知っていたからだ。自分を生んでくれたのは父母だが、自分を知ってくれているのは鮑叔である」と言ったといいます（『史記《しき》』管晏列伝《かんあんれつでん》・『十八史略《じゅうはっしりゃくしゅんじゅうせんごくせい》』春秋戦国斉など）。この故事から、互いに理解・信頼しあった友人関係を「管鮑《かんぽう》の交《まじ》わり」と言うようになりました。この後、桓公は管仲の助力を得て覇者《はしゃ》となります。

孟子は覇者である桓公を高く評価しませんが、桓公に、自分を殺そうとした怨みを忘れ、信用して一切を管仲に任《まか》せる度量《どりょう》があったからこその結果だといえるでしょう。

また、宋《そう》の襄公《じょうこう》は「宋襄《そうじょう》の仁《じん》」という言葉で知られます。あるとき宋と楚《そ》とが戦《いくさ》になり、泓水《おうすい》のほとりで決戦となりました。宋軍《そうぐん》が川のほとりで待ち構えていると、楚軍《そぐん》が現れ川を渡り始めました。宋《そう》の公子《こうし》の目夷《もくい》は、「相手の陣形が整わないうちに攻撃しましょう」と進言しましたが、襄公は、「君子は相手の困難につけこんでさらに苦しめたりしない」と言って楚軍が川を渡りきって陣形を整えるまで待ち、それから攻撃をしかけました。

結果は宋《そう》の大敗《たいはい》で、世の人々はこれを「宋襄の仁」と言って笑いました。ここから、無益な情けをかけて酷《ひど》い目《め》にあうことを「宋襄の仁」と呼ぶようになりました（『春秋左氏伝《しゅんじゅうさしでん》』僖公《きこう》二二年・『十八史略』春秋戦国宋など）。なお、襄公はこの戦《いくさ》で受けた傷が元で二年後に死亡しています。

このエピソードはいくつかの古典に引かれ、その評価も批判や同情とさまざまです。『孟子』にはこのエピソードに関する言及はありませんが、覇者でありながらあくまで礼儀を重んじ君子を目指したあたり、孟子から見れば五覇の中ではいくらかましな人物となるかもしれません。

『孟子』から生まれたことば

『孟子』を典拠とし、広く人々に親しまれてきたことばの中から主なものを選びました。その際、本文で取り上げられなかったことばには意味を付しました。

・五十歩百歩（梁恵王上3）
・君子は庖厨《ほうちゆう》を遠ざく（梁恵王上7）
・恒産《こうさん》なくして恒心《こうしん》なし（梁恵王上7等）
・木に縁《よ》りて魚《うお》を求む（梁恵王上7）
　方法が見当違いで実現が望めないこと。
・匹夫《ひつぷ》の勇《ゆう》（梁恵王下3）
　義理によらず、血気にはやるだけのつまらない勇気。
・助長《じよちよう》（公孫丑上2）
　不要な力添えをして、却《かえ》って害してしまうこと。
・曰《いわ》く言い難し（公孫丑上2）

・簡単には説明できないということ。
・爾《なんじ》は爾たり、我は我たり（公孫丑上9）
　自分の信じる道を枉《ま》げないこと。
・天の時は地の利に如かず、地の利は人の和に如かず（公孫丑下1）
・壟断《ろうだん》（公孫丑下10）
・自暴自棄《じぼうじき》（離婁上10）
　礼を譏《そし》るような言葉を吐き、怠惰に溺《おぼ》れて仁義を行なわないこと。
・虞《はか》らざるの誉《ほまれ》有り、全きを求むるの毀《そしり》有り（離婁上21）
　過分な賛辞を得ることもあれば、非難を避けようとして却って非難されることもあるため、他人の毀誉褒貶《きよほうへん》を気にしてはならないということ。

・私淑《ししゅく》（離婁下22）

・君子は終身の憂《うれい》有るも、一朝の患《わずらい》無し（離婁下28）

君子には己の徳の完成という一生続く悩みはあるが、外からくる一過性の悩みなどはない。

・斉東野人《せいとうやじん》（万章上4）

ものの道理を知らない田舎者。

・天に二日無く、民に二王無し（万章上4）

天に太陽が二つ無いように、民における天子はたった一人である。

・草莽《そうもう》の臣《しん》（万章下7）

未だ君に仕えていない在野の人。

・一暴十寒《いちばくじっかん》（告子上9）

わずかに努力して、あとは怠けることが多いたとえ。

・欲する所、生より甚《はなはだ》しき者有り。悪《にく》む所、死より甚しき者有り（告子上10）

生よりも望むべきものや、死よりも厭《いと》うべきものがある。

・春秋に義戦無し（尽心下2）

・尽《ことごと》く書《しょ》を信ずれば、則ち書無きに如《し》かず（尽心下3）

・往《ゆ》く者は追わず、来《きた》る者は拒まず（尽心下30）

自分のところから去る者は引き止めないし、来る者を拒んだりもしない。

・心を養うは寡欲《かよく》より善きは莫《な》し（尽心下35）

・似て非なるもの（尽心下37）

一見似ているが、本質は異なるもの。

ビギナーズ・クラシックス 中国《ちゅうごく》の古典《こてん》

孟《もう》子《し》

佐《さ》野《の》大介《だいすけ》

平成27年 2月25日 初版発行
令和7年 6月30日 21版発行

発行者●山下直久

発行●株式会社KADOKAWA
〒102-8177 東京都千代田区富士見2-13-3
電話 0570-002-301(ナビダイヤル)

角川文庫 19006

印刷所●株式会社KADOKAWA
製本所●株式会社KADOKAWA

表紙画●和田三造

●お問い合わせ
https://www.kadokawa.co.jp/（「お問い合わせ」へお進みください）
※内容によっては、お答えできない場合があります。
※サポートは日本国内のみとさせていただきます。
※Japanese text only

ISBN978-4-04-407233-9 C0198